죽지 못한 자들의
세상에서

죽지 못한 자들의 세상에서

초판 1쇄 인쇄 | 2022년 5월 30일
초판 1쇄 발행 | 2022년 6월 3일

지은이 | 전건우
펴낸이 | 박영욱
펴낸곳 | 북오션

경영지원 | 서정희
편 집 | 고은경·장정희
마케팅 | 최석진
디자인 | 민영선·임진형
SNS마케팅 | 박현빈·박가빈

주 소 | 서울시 마포구 월드컵로 14길 62 북오션빌딩
이메일 | bookocean@naver.com
네이버포스트 | post.naver.com/bookocean
페이스북 | facebook.com/bookocean.book
인스타그램 | instagram.com/bookocean777
전 화 | 편집문의: 02-325-9172   영업문의: 02-322-6709
팩 스 | 02-3143-3964

출판신고번호 | 제 2007-000197호

ISBN 978-89-6799-685-7 (03810)

죽지 못한 자들의 세상에서

전건우 좀비 소설집

끔찍하게 아름답고, 소름 돋게 우아한

전건우의 '좀비 월드'

Bookocean

차례

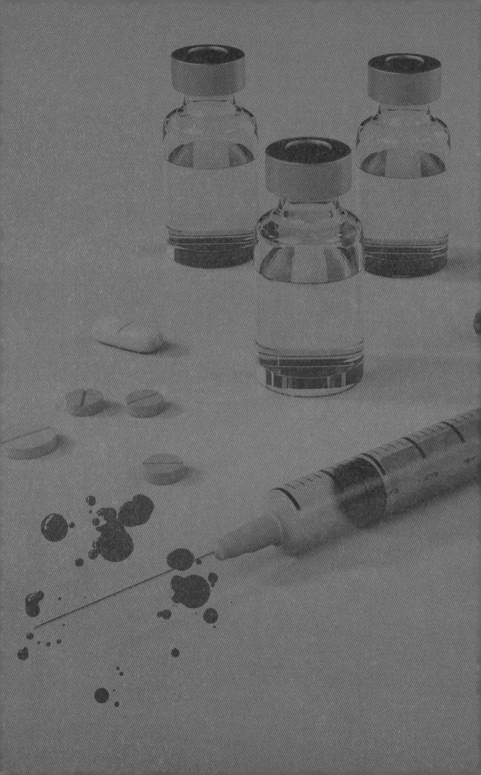

작전 회의

'오늘도 살아남은 꼰대들은 다 모였네.'

최지호 대위는 그렇게 생각하며 슬쩍 주위를 둘러봤다. 대통령부터 국무총리, 국방장관, 참모총장들, 그리고 또 그들의 보좌관들까지 족히 수십 명은 넘을 인원이 청와대 비밀 벙커에 앉거나 서 있었다. 다들 긴장한 표정이 역력했고 얼굴에는 감출 수 없는 피곤이 그늘을 만들고 있었다. 표정을 읽을 수 없는 건 작전에 투입된다는 특수부대원들뿐이었다. 최지호가 알기로 그들은 각 군의 최정예들이었다. 그나마 살아남은 최정예 대원들.

대를 이어 군 생활을 하고 있지만 최지호는 반골 기질이 상당했다. 어릴 때는 집에서도 군기를 잡기 일쑤였던 아버지에게 반항해 절대 군인은 되지 않겠노라 다짐했다. 그러다가 고3 여름방학을 앞두고 생각을 바꾸었다. 아버지가 남동생에게만 군인이 되라고 이야기하는 걸 듣고 있다 보니 부아가 치밀었기 때문이었다. 평소에도 아버지는 여군을 두고 '군인도 아닌 것들'이라는 말을 자주 했다. 아무튼 최지호가 대위를 달고 육군본부에서 일하게 된 건 어찌 보면 다 아버지 덕분, 아니 아버지 때문이었다.

"모두 수고가 많습니다."

그 누구보다 피곤한 안색을 한 대통령이 말했다. 최지호가 알기로는 일주일 사이 이런 회의가 세 번이나 열렸고 그때마다 대통령이 다 참석했다. 하긴, 딱히 할 일도 없었을지 모른다. 청와대 밖은 이미 난장판이니까. 문제는 회의에 진척이 없다는 데 있었다. 청와대 벙커에 모인 이들은 모두 엄청난 학력과 경력, 그리고 권력을 자랑했지만 응용력은 제로에 가까웠다. 매뉴얼이라는 단어를 빼고는 도무지 의견을 내지 못했다.

그놈의 지겨운 매뉴얼만 들고 회의를 하고 있으니 제자리걸음일 수밖에.

최지호는 그 사실을 지적하고 싶었지만 꾹 참았다. 아니, 사실 자신은 입도 벙긋할 수 없는 위치였다. 누군가가 시키면 PPT를 넘기거나 물을 떠오는 게 벙커 안에서 자신이 할 수 있는 일의 전부였으니까. 그나마도 직전까지 이 일을 하던 소령이 죽었기에 최지호는 벙커 안에 들어올 수 있었다. 소령은 좀비로 변하기 직전 입에다 권총을 넣고 방아쇠를 당겼다.

"회의 시작하죠. 작전 계획은 세웠습니까?"

대통령이 몇 줌 남지 않은 머리카락을 쓸어 넘기며 물었다.

"대위. 영상을 띄워보도록."

최지호는 육군 참모총장의 명령이 떨어지자마자 준비하고 있던 오른손 검지를 움직여 '엔터'를 눌렀다.

낡은 키보드가 총알을 장전하는 것 같은 소리를 내자 벙커 벽에 달린 대형 모니터에 선명한 화질의 영상이 떴다. 불과 1시간 전에 찍은 강남역 상황이었다.

"젠장."

대통령은 그렇게 중얼거렸다. 충분히 그럴만한 내용이었다.

족히 수천은 돼 보이는 좀비들이 강남역 사거리에서 군과 대치하고 있었다. 그것들은 어기적어기적 걸으면서도 멈추지 않고 앞으로 나갔다. 군인들이 총탄을 퍼부었지만 놈들은 아랑곳하지 않았다. 총알에 맞는 순간에는 잠시 주춤했지만 이내 기어서라도 다가갔고, 앞줄이 쓰러지면 뒷줄이 그들을 밟고 전진했다.

군인들은 후퇴하려는 듯 보였다. 하지만 병력이며 차량이며 모두 후진을 해야 하는 탓에 그 속도가 느렸다.

드디어 첫 번째 무리가 군인들과 마주쳤다. 풀린 눈과 쩍 벌린 입의 좀비들은 군인을 부여잡자마자 사정없이 물어뜯었다.

그렇다.

말 그대로 물어뜯은 것이다. 좀비 여럿이 쓰러진 군인의 복부를 찢어발긴 뒤 내장을 꺼내는 걸 보고서야 대통령이 한마디를 했다.

"꺼."

최지호는 이번에도 딱 맞는 타이밍에 엔터를 눌렀다.

"하아."

대통령은 머리를 감싸 쥐고 한숨을 쉰 뒤 잠긴 목소리로 말했다.

"상황을 설명해 보세요."

"보신 것처럼 지금 남아있는 군 병력만으로는 인간이 아닌 자들을 제압할 수 없습니다."

육군 참모총장은 애써 인간이 아닌 자들이라 표현했다. 아무렴, 그렇지. 최지호는 생각했다. 군의 꼰대들에게 좀비는 받아들이기 힘든 단어일 것이다. 최지호도 마찬가지였다. 바이러스 감염과 좀비는 영화에서나 보던 것들이었고, 세상이 완전히 뒤집힌 지 한 달이나 지난 지금에도, 그리고 주변 사람 모두가 좀비가 된 지금에도 낯설기만 했다. 이 빌어먹을 좀비 사태는.

"그렇다면 대한제약으로 접근할 수 있는 건 역시 그 방법뿐이라는 거군요."

대통령이 말했다.

"네. 매뉴얼에는 나와 있지 않지만 인간이 아닌 자들과 접촉하지 않고 백신을 옮기려면 그 작전을 쓸 수밖에 없다는 것이 제 판단입니다."

육군 참모총장은 못내 안타깝다는 듯 말했다. 매뉴얼에 없는 작전이라니, 생각만 해도 아찔할 것이다. 실제로도 아찔한 작전이었고.

최지호는 지난 회의에 참석한 뒤 중요한 사실을 알게 되었다. 이곳 청와대 지하 시설에서 비밀리에 백신 개발에 성공한 것이다. 임상실험을 통해 좀비로 변한 감염자를 치료했다는 이야기도 들었다. 백신만 있다면 좀비 사태를 종식할 수 있다는 희망이 싹텄다. 단, 백신을 최대한 빨리 대량 생산한다는 전제하에서.

"현 시점에 백신 생산이 가능한 곳은 대한제약이 유일합니다. 모든 준비가 끝났습니다. 이 백신을 전달만 하면 됩니다. 매뉴얼에 신경 쓰기보다 지금이라도 당장 작전명 콜드블러드를 실행

해야 합니다."

강한 어조로 입을 연 이는 비서실장 이도민이었다. '콜드블러드'라는 이름의 이번 작전을 설계한 사람도 그라는 소문이 돌았다. 최지호가 알기로 이도민은 허리 디스크가 심해 군 생활을 하지 않았다. 참모총장들이 매뉴얼 운운하며 이도민의 작전을 탐탁지 않게 여기는 데에는 그런 배경도 있는 것 같았다. 하긴, 작전명 콜드블러드는 현실과는 동떨어진 만화적 상상력에서 나온 것이기는 했다.

희대의 살인마를 이용해 백신 옮길 생각을 하다니…… 그것도 특수부대원들의 보호 아래.

최지호는 벙커 제일 구석에 앉아 있는 남자를 힐끔 봤다. 죄수복을 입고 수갑을 찬 그는 남녀노소 가리지 않고 12명을 죽여 사형제 부활 논란에 불을 지폈던 연쇄살인마 남정철이었다. 그가 바로 이번 작전의 핵심 인물이었다.

"음……."

대통령은 테이블 위에 놓인 의약품 박스를 고뇌에 찬 눈빛으로 바라봤다. 박스 안에는 연구를 위해 사용했던 좀비 바이러스가 담긴 주사기 한 대와 한 사람 분량의 백신이 들어 있었다.

"정말로…… 대안은 없습니까?"

대통령이 물었다. 다들 대답 없이 서로 눈치만 보고 있었다.

지난 회의도 바로 여기서 끝이 났다. 대통령은 조금 더 생각해 봅시다, 라고 한 뒤 자리에서 일어났다. 지금은 그러지 않으리라고 최지호는 생각했다. 이틀 뒤면 기껏 개발한 백신의 유효기간이 끝난다. 다시 개발할 여력 따위는 없다. 강남역에 몰려 있는 좀비 떼를 다 죽이고 대한제약으로 가던지, 아니면 살인마에게 나라의 미래를 맡기던지 둘 중 하나를 선택해야 한다.

"현재 운용할 수 있는 기체가 없어 헬기는 띄우지 못합니다. 기체가 있다 한들 조종사가 없습니다."

선비 같은 인상의 국방부장관이 말했다. 한 달 사이 군 병력 3분의 2가 궤멸했다. 각 부대에서 감염자가 속출한 것이 치명타였다. 군인들은 좀비에게 써야 할 탄환을 전우에게 쏟아붓기 바빴다.

"지상은 물론 지하로의 접근도 불가능합니다. 광화문에서 지하 선로를 따라 강남역까지 이동하는 걸 고려해 봤습니다만, 지하도 역시 좀비가 점령하고 있습니다."

국무총리가 말했다. 지난 회의에서만 해도 '시민들'이라 칭하던 그가 이제는 좀비라는 단어를 썼다.

"다른 방법은 없습니다. 최대한 군 특수부대원들이 호위하고 그 다음부터는 저자에게 맡겨야 합니다. 물론, 남정철도 이 작전에 동의했습니다."

14

남정철은 자기 이름이 호명되자 빙긋 웃으며 고개를 끄덕였다. 최지호는 그 얼굴을 보며 꼭 뱀 같다는 생각을 했다. 아니, 뱀 같은 게 아니었다. 남정철은 뱀 그 자체였다. 냉혈동물. 그게 별명이었고 실제로도 놈은 33도의 체온으로 살아가고 있었다.

이유를 밝혀내지는 못했지만, 좀비는 34도 이상의 체온에만 반응했다. 그 이하는 좀비가 달려들지 않았다. 반대로 체온이 40도를 넘어도 반응하지 않았다. 질병청장은 아마 33도 이하나 40도 이상부터는 죽은 존재라 인식하기 때문이라는 의견을 냈는데 그 역시 좀비가 되었으므로 더는 물어볼 수 없었다. 남정철은 체포 당시에도 저체온으로 화제를 모았다. 말 그대로의 냉혈한이 잔혹한 연쇄살인을 저질렀다는 사실은 자극적인 기사를 내기에 충분했다. 남정철은 평범한 인간이라면 동사 직전이라 할 수 있는 33도의 체온으로 평생을 살아왔다. 그것은 곧 그가 좀비 떼 사이를 유유히 지나가도 안전하다는 의미였다.

이도민의 말에 대통령은 결심을 한 듯 숨을 골랐다. 그러고는 입을 열었다.

"좋습니다. 작전명 콜드블러드······."

'쿵쿵.'

갑자기 들린 소리에 대통령은 말을 멈췄다. 누군가가 벙커 문을 세게 치고 있었다.

"이 중요한 때에 누굽니까?"

국무총리가 대통령의 눈치를 살피며 물었다.

"아! 죄송합니다. 군에서 매뉴얼에 따른 새로운 작전을 구상했는데 관련 자료를 가지고 왔나 봅니다."

육군 참모총장이 그렇게 말하며 최지호에게 눈짓을 보냈다.

"아! 대안이 있는 겁니까?"

대통령의 목소리에 반가움이 묻어났다.

지금껏 매뉴얼 이야기만 주구장창 해놓고 또 매뉴얼이야?

최지호는 속으로 한숨을 쉬며 벙커 문을 열었다. 김동민 준장이 서 있었다. 육군 참모총장의 지시를 받아 자료를 준비해 온다고 했는데 정작 그는 빈손이었다. 대신에 인상을 잔뜩 쓰고 있었다. 창백한 낯빛으로.

"준장님, 괜찮으십니까?"

최지호는 뒤쪽 높으신 꼰대들의 눈치를 살피며 조용히 물었다. 김동민 준장은 대답이 없었다. 그저 어딘가 불편한 사람처럼 안절부절못하며 목 깊은 곳에서 으르렁거리는 소리만 냈다. 게다가 어떻게나 눈을 부릅떴는지 동공이 튀어나올 것 같았다.

그 모습을 본 순간 최지호는 오싹함을 느꼈다.

'감염자.'

'좀비.'

그 두 단어가 머릿속을 스치는 것과 동시에 최지호는 튕기듯 뒤로 물러섰다. 그것이 실수였다. 벙커 바닥에 깔린 수많은 선들에 발이 걸린 최지호는 넘어지고 말았고 그 과정에서 책상 모서리에 뒤통수를 부딪쳤다.

"아……."

최지호는 머리를 감싸 쥔 채 웅크렸다. 정신을 차릴 수가 없었다. 그 사이 김동민 준장이 성큼 안으로 들어왔다. 그제야 다른 사람들도 문 쪽을 바라봤다.

"자네 뭐 하는 거야?"

육군 참모총장이 벌떡 일어서서 무례하기 짝이 없는 부하를 향해 큰소리를 쳤다. 김동민은 고개를 좌우로 갸웃거리며 상사에게 다가갔다.

벙커는 어두컴컴했고, 그 탓에 육군 참모총장은 부하의 커진 동공과 어눌한 행동을 알아차리지 못했다.

그것 또한 실수였다. 김동민은 육군 참모총장 바로 앞에 멈춰 선 후 고개를 갸우뚱하며 아주 잠시 관찰했다. 정신을 부여잡고 간신히 몸을 추스르던 최지호의 눈에는 그 모습이 마치 먹잇감을 앞에 둔 고양이가 달려들기 직전처럼 보였다.

그 예상은 적중했다.

김동민은 육군 참모총장을 끌어안았다. 따뜻한 포옹은 아니었다. 뜨거운 포옹이었다. 김동민이 육군 참모총장의 목덜미에 이를 박아 넣었고, 그 탓에 뜨거운 피가 사방으로 튀었기 때문이다.

"으아악!"

육군 참모총장은 비명을 지르며 김동민을 떼어놓았다. 그러면서 뒤로 쓰러지고 말았다. 옆자리에 앉아 있던 국방부장관을 비롯한 보좌관 여럿이 육군 참모총장 옆으로 달려가 상태를 살폈다.

그것 역시 실수였다는 사실이 드러나기까지는 채 10분도 걸리지 않았다.

대통령 경호원 중 한 명이 권총을 빼들었다. 글록 19였다. 벙커 안에서 무기를 소지할 수 있는 이는 경호원뿐이었다. 경호원은 군인 출신의 숙련된 인물이었지만 좀비와 맞서기는 처음이었다. 그는 어기적거리는 김동민을 쉽게 맞출 수 있을 거라 생각했다. 그러나, 오판이었다. 좀비는 먹잇감 앞에서 믿을 수 없을 정도로 재빨리 움직였다.

'탕!'

총탄은 귀를 날리기는 했지만 김동민을 쓰러뜨리지는 못했다. 김동민은 귀가 너덜너덜해진 상태에서도 국무총리의 팔을 물어뜯는 데 성공했다.

"으악!"

국무총리가 내지른 비명을 뒤로 하고 김동민이 몸을 돌렸다. 바로 그 앞에 대통령이 앉아 있었다. 또 다른 경호원이 뛰어든 건 김동민이 대통령의 목덜미를 향해 막 달려든 순간이었다. 대통령 대신 목을 물린 경호원은 김동민이 움직이지 못하게 꽉 끌어안았다. 그 사이 총을 쐈던 경호원이 대통령의 손을 잡아 끌었다.

"크아아!"

김동민이 포효했다. 최지호는 그 소리를 들으며 비틀비틀 일어났다. 뒤통수에서는 피가 흘렀다. 좁은 벙커 안은 아수라장이 되었다. 수십 명의 사람들이 제각각 비명이나 신음을 쏟아내며 출입구 쪽으로 몰렸다. 경호원이 비켜달라며 소리쳤지만 대통령을 위해 길을 터주는 사람은 아무도 없었다. 최지호는 미쳐 날뛰는 사람들 사이에서 육군 참모총장이 시뻘건 눈을 번득이며 군방부장관의 뺨을 물어뜯는 걸 봤다.

"경보를…… 경보를 울려!"

누군가가 그렇게 소리쳤지만 경보를 울릴 수 있는 이는 아무도 없었다. 최지호는 특수부대원들을 찾으려고 주위를 둘러봤다. 바위처럼 단단하고 무표정한 얼굴로 서 있던 그들 역시 지금은 멍하니 살육의 현장을 지켜볼 뿐이었다. 물고, 물리고, 또 물고⋯⋯. 순식간에 좀비로 변한 이들이 또 다른 이를 좀비로 만들기까지는 몇 분도 걸리지 않았다. 이제는 누가 인간이고 누가 좀비인지 분간하기도 힘들었다.

'탕!'

총성이 다시 울렸다. 경호원이 대통령에게로 달려들던 좀비를 처리한 것이다. 그게 마지막이었다. 누군지도 모를 보좌관 한 명이 글록 19를 든 경호원의 손을 물었다. 경호원이 떨어뜨린 권총이 발길에 차이며 최지호에게로 굴러왔다. 대통령은 덫에 걸린 쥐처럼 발악하는 경호원을 뒤로 한 채 문으로 향하려 했다. 그런 대통령을 호위하는 사람이 아무도 없었다.

"대통령님!"

최지호는 총을 집어 들고 본능적으로 움직였다. 그 순간 누군가가 어깨를 낚아챘다. 좀비라는 생각에 최지호는 바로 몸을 돌리며 권총을 겨눴다. 방아쇠를 당기기 바로 직전, 눈앞에 선 이도민이 외쳤다.

"쏘지 마!"

서둘러 총구를 내리며 최지호는 이도민의 전신을 훑었다. 물린 흔적은 없는 것 같았다. 이런 상황에서도 지독하게 차갑고 침착한 표정으로 서 있다는 사실이 놀라울 뿐이었다.

"나와 함께 여길 빠져나가지. 자네가 지켜줘야 해!"

이도민이 말했다.

"하지만, 대통령님이……."

"지금 더 중요한 건 이것들이야."

최지호의 말을 자르며 이도민이 들어 보인 것은 백신이 든 의약품 박스였다. 그리고…… 이도민 옆에는 남정철이 서 있었다.

"그럼 대통령님과 함께……."

최지호가 채 말을 끝내기도 전에 이도민이 소리를 질렀다.

"청와대도 뚫렸다는 거 모르겠어? 지금 필요한 건 대통령이 아니야. 이 백신이지!"

최지호는 의약품 박스와 이도민을 번갈아 봤다. 그러다가 대통령이 있던 곳으로 고개를 돌렸다. 사람들 사이에 가려 대통령은 보이지 않았다. 앞섶에 피를 칠갑한 채로 특수부대원 둘이 걸어오고 있었다. 둘 다 좀비였다.

"알겠습니다."

최지호는 이도민 쪽으로 몸을 돌렸다. 결정했다. 비서실장을 따르기로.

"판단이 빠르군."

이도민의 말을 들으며 최지호는 권총을 든 채 주위를 둘러봤다. 다행히 문까지 거리가 가까웠다. 좀비들도 당장 문 앞에는 보이지 않았다. 최지호는 이도민의 등을 밀며 외쳤다.

"달리십시오. 제가 뒤를 맡겠습니다."

이도민은 남정철을 앞세우고 달렸다. 그 뒷모습을 보며 최지호는 잠깐 엉뚱한 생각을 했다. 지난 대선 때 지금의 대통령에게 투표하지 않았다. 정책이 마음에 들지 않아서였다. 만약 그때 한 표를 던졌다면, 지금쯤 대통령을 구하려고 발버둥 치고 있었을까?

대답을 정리하기도 전에 육군 참모총장이 달려들었다.

'탕!'

최지호는 주저 없이 방아쇠를 당겼고, 그 순간부터 작전명 콜드블러드에 뛰어들게 되었다.

운명공동체

'나이보다 훨씬 젊어 보이잖아?'

최지호는 뒷좌석에 앉은 남정철을 룸미러로 보며 그런 생각을 했다. 고생이라고는 해 본 적 없는 듯한 곱상한 외모가 젊어 보이는 데 한몫하는 것 같았다. 마흔이라고 알고 있는데 솔직히 이십대처럼도 보였다. 아무래도 요즘 교도소에서는 밥도 잘 주고 잠도 잘 재우는 것 같았다. 그게 아니라면 정말 뱀이거나. 거죽이 낡을 때마다 탈피를 하는 거지.

"집중해서 운전해. 어디서 뭐가 튀어나올지 모르니까."

명령조로 말한 뒤 입을 꾹 닫은 이도민은 맞은편의 연쇄살인마에 비해 상대적으로 늙어 보였다. 이도민 역시 40대의 젊은 비서실장이었고 번듯한 외모로 언론의 주목도 받았지만 지금은 그저 조금 덜 삭은 꼰대 그 이상도 이하도 아니었다. 이런 상황에서도 꽉 조여 맨 넥타이하며 용케 제자리를 지키고 있는 빗어 넘긴 머리카락하며 높은 콧대 위에 자리 잡은 금테 안경까지, 그를 전문가로 보이게 만들었던 요소들이 지금은 다 원래 나이에 십 년 정도는 더 보태는 역할을 했다. 이도민과 남정철이 같은 40대라는 게 믿기지 않을 정도였다.

"알겠습니다."

최지호는 짧게 대답한 뒤 좌회전을 해 골목으로 접어들었다. 주인 잃은 차들이 어긋난 관절처럼 늘어서 있는 대로보다 골목 길이 더 빠를 거라는데 최지호와 이도민은 동의했다. 물론, 남정철은 가만히 있었다.

K-131 레토나는 요란한 소리를 내며 달렸다. 벙커를 빠져나와 제일 처음 발견한 차가 바로 이 군용 지프였다. 다행히 키가 꽂혀 있었고 최지호는 망설이지 않고 운전석에 올랐다. 운전이라면 자신 있었다. 불편한 뒷좌석에 앉아 살인마와 마주보는 것보다 운전하는 편이 더 좋기도 했고.

"젠장."

이도민이 중얼거렸다. 뭐가 마음에 안 드는지 알 수는 없었다. 그 이유야 엄청나게 많을 테니까. 다만 조금씩 정신이 돌아오면서 지금 이 상황 자체에 화가 치미는 자신처럼 이도민도 분노하고 있을 거라고, 최지호는 생각했다. 대통령을 버리면서까지 백신을 가지고 나오기는 했지만 작전이 성공하리라는 예감은 조금도 들지 않았다. 중무장한 특수부대원들이 백신을 대한제약과 최대한 가까운 곳까지 옮기는 것이 작전의 시작이었다. 일단 첫 단추부터 잘못 꿴 것이 되어 버렸다. 특수부대원은커녕무기라고는 권총이 전부였으니까. 그마저도 그걸 사용할 수 있는 건 최지호뿐이었다. 그는 이도민이 총을 쏴 본 적도 없다는데 전 재산을 걸 수도 있었다. 문제는 남정철이었다. 체온 33도를 유지하는 저 알 수 없는 남자는 시종일관 같은 표정을 유지한 채 한 마디도 하지 않았다. 남정철은, 희미하게 웃고 있었다.

"어디까지 가면 됩니까?"

최지호가 이도민을 향해 물었다. 첫 번째 목표는 청와대 주변을 무사히 빠져나오는 것이었고 이제 성공이 눈앞이었다. 잠시 후면 광화문이 나올 것이다. 계속 골목만 지나 강남역까지 갈수는 없다. 붐비는 곳에는 분명 골목에도 좀비가 가득할 테니까. 최지호는 이도민의 계획이 궁금했다.

"어디까지 갈 수 있겠나?"

"네?"

그렇게 반문하고 아차 싶었으나 이도민이 민간인이라는 사실을 곧 떠올렸다. 비서실장과 자신은 상하관계도 아니었다. 심지어 지금도 이도민이 비서실장인지 아닌지는 따져봐야 할 문제였다. 대통령이 좀비가 된 마당에 비서실장은 무슨…….

"남은 총알 수와 자네 전투력을 고려했을 때 이자를 어디까지 데려다 줄 수 있겠나?"

'총알 수? 전투력?'

최지호는 코웃음이 나오려는 걸 간신히 참았다. 이도민은 병역 미필인 걸 떠나 엉뚱한 환상을 가진 게 틀림없었다. 보나마나 B급 액션 영화 마니아일 것이다. 최지호의 불안감은 점점 커졌다.

"총알은 10발 내외로 남았을 겁니다. 모두 명중한다고 해도 좀비 열 마리를 해치우면 그걸로 끝입니다."

그놈의 전투력으로 한두 마리쯤 더 해치울 순 있겠지만 그 말을 굳이 덧붙이지는 않았다.

"젠장."

이도민은 또 혼자 중얼거렸다. 그때였다. 낮고, 부드러운 목소리가 들린 것은.

"안전하게 접근 가능한 지점까지만 데려다 주시면 그 다음부터는 걸어서 갈 수 있습니다."

최지호는 다시 룸미러를 들여다봤다. 남정철은 특유의 그 표정으로 다시 입을 열었다.

"중요한 작전인데 그 정도는 해야죠."

"너무 변수가 많아."

이도민이 말했다.

"알지 않습니까? 좀비들이 저는 안 건드린다는 걸."

남정철의 말투는 차분했다.

"위험한 건 좀비만이 아니야. 반쯤 미쳐서 보이는 건 닥치는 대로 공격하는 인간도 득실거리니까."

"그럼 권총을 제게 주십시오."

"안 됩니다!"

최지호가 끼어들었다. 이도민이 자신을 노려보는 게 느껴졌다. 뒤통수가 따가웠다.

"자넨 운전이나 똑바로 해."

'끼익.'

최지호는 바로 브레이크를 밟았다. 무방비 상태로 앉아 있던 이도민이 휘청하며 조수석에 부딪쳤다.

"무슨 짓이야?"

이도민은 코를 감싸 쥐며 외쳤다.

"이쯤에서 확실히 짚고 넘어가겠습니다."

최지호는 그렇게 말하며 뒤쪽으로 상체를 돌렸다. 이도민은 안경을 고쳐 쓰며 최지호를 노려봤다.

"우선, 제게 명령하지 마십시오. 그쪽은 제 상관도 뭣도 아니니까. 저보다 나이가 많으니 존대는 하겠지만 명령이라면 따를 생각 없습니다. 그리고 두 번째, 아무리 생각해도 이 작전은 위험합니다. 백신이 필요하고 그걸 전해야 한다는 데에는 동의하지만 전 저자를 온전히 믿을 수가 없습니다."

남정철은 최지호의 날카로운 시선에도 아랑곳하지 않고 역시 미소를 지었다. 그게 거슬렸다. 매끈하고 말간 얼굴에 칼로 그은 듯 새겨진 미소에서는 조금의 감정도 느껴지지 않았다. 최지호가 스물여덟 해를 살아오며 깨달은 사실은 저딴 식으로 웃는 인간은 믿어서는 안 된다는 것이었다.

"못 믿으면? 지금 우리한테 대안이 있는 줄 아나?"

"그렇다고 살인마에게 권총까지 내줄 수는 없습니다!"

"바보 같은 소리 작작해! 살인마? 지금 이 상황에서 손에 피 안 묻힌 사람 있어? 그러는 자넨 지금껏 고고하게 살아남았나 보지?"

최지호는 대답할 말을 찾지 못했다. 좀비들을 죽인 건 살인이 아니라고 외치고 싶었지만 그것만이 아니라는 사실을 그는 잘 알고 있었다.

'네가 죽인 것들이 모두 좀비라고 확신할 수 있어?'

내면 깊숙이 잠들어 있던 누군가가 낄낄 웃으며 그런 질문을 던졌다. 도와달라며 달려오던 최 상사는 좀비였을까? 김 소위는 정말 감염자였을까? 그냥 감기는 아니었을까? 박 소령을 죽인 건 그의 팔뚝에 물린 자국이 있어서였을까, 아니면 꼰대에다가 변태이기도 했던 그 인간에 대한 복수심 때문이었을까?

최지호의 머릿속에 복잡한 생각이 떠올랐다가 사라지고 다시 떠오르기를 반복하는 동안 이도민은 기세등등하게 말을 이어갔다.

"지금은 뭔 짓을 해서라도 백신을 만들어 내야 해! 이거 말곤 희망이 없어. 내일까지 이걸 전달하지 못하면 이 나라는 끝이야. 그 잘난 권총 들고 있어 봐야 아무 소용도 없다고. 씨팔!"

"우리끼리 싸우지는 말죠. 이 나라의 명운을 등에 짊어진 운명공동체인데."

"뭐?"

남정철의 한 마디에 이번에는 이도민의 말문이 막힌 모양이었다.

"최 대위께서 영 꺼림칙하다면 권총은 안 받는 것으로 하겠습니다. 그냥 이 수갑이나 풀어주세요."

남정철은 손목을 들어 보이며 히죽 웃었다.

"알았어요. 손목 머리 위로 올려요."

최지호가 말했다.

"근데 열쇠는······."

'탕!'

권총에서 날아간 총탄이 수갑을 끊은 후 차 지붕에 구멍을 냈다. 동시에 이도민이 비명을 질렀다.

"으악! 미친. 뭐 하자는 거야?"

"열쇠가 없어서요."

최지호가 권총을 거두며 대답했다.

"고맙습니다."

남정철은 무표정한 얼굴로 말했다. 무표정. 웃음기 가신 그 얼굴을 보는 것만으로도 속이 시원했다. 최지호는 다시 가속페달을 밟았다.

"좀비들 몰려오기 전에 출발하겠습니다."

"젠장!"

이도민이 조수석 머리 받침을 내리쳤다. 남정철의 체온이 33도라면 이도민은 분명 37도 이상일 거라고, 최지호는 생각했다.

냉혈한

좀비는 체온과 소리에 민감한 대신 밤눈이 어두웠다. 비척거리며 느릿느릿 움직이지만 목표물 앞에서는 고양이처럼 재빨랐다. 뇌를 파괴하지 않으면 좀비는 멈추지 않았다. 바이러스에 감염된 인간이 좀비로 변하기까지는 만 하루가 걸렸다. 반면 좀비에게 물리면 단 몇 분 만에 같은 좀비가 된다. 바이러스에 감염되면 열이 40도까지 치솟았다. 그 때문인지 좀비는 감염자 역시 건드리지 않았다. 마찬가지로 같은 좀비끼리도 공격하지 않았는데 좀비의 체온은 33도 이하였다.

백신은 어떤 경로로 좀비가 되었건 모두 인간으로 되돌릴 수 있다. 최지호가 아는 건 거기까지였다. 부작용은 없는지, 걸레짝처럼 너덜너덜해진 좀비도 인간이 될 수 있는지, 그렇다면 그걸 인간이라고 부를 수 있는지, 여러 질문이 오갈 법도 했지만 회의에서는 다들 침묵했다.

"좀비들이 있습니다."

청와대에서 출발한 후 처음으로 많은 수의 좀비와 마주치게 되었다. 명동이었다. 나름 골목을 찾아서 달린다 했는데 양옆으로 길게 늘어선 화장품 가게들 사이를 좀비들이 가로막고 있었다. 십여 명, 아니 십여 마리였다.

"크아아!"

좀비들은 대번에 반응했다. 차가 내뿜는 열기와 소리에 광분한 건지, 아니면 그 안에 탄 인간을 향해 이빨을 드러낸 건지 알수가 없었다. 다만, 그것들이 다가온다는 사실은 확실했다.

"밀고 가."

이도민이 말했다. 여전히 명령조의 말투였지만 아까처럼 딱딱하지는 않았다. 최지호도 같은 생각이었으므로 토를 달지 않았다.

"꽉 잡으세요."

최지호는 경고를 한 뒤 운전대를 꼭 쥐고 좀비를 향해 돌진했다. 레토나는 군용차답게 믿음직하고 튼튼했다. 승차감은 최악이었지만. 특히 뒷좌석은. 레토나는 으르렁거리는 좀비를 향해 철제 범퍼를 앞세운 채 달려갔다.

'쿵!'

맨 앞의 좀비가 차에 치여 튕겨나가며 다른 좀비를 덮쳤다. 좀비들은 볼링 핀처럼 자기들끼리 부딪치며 쓰러졌다. 최지호는 멈추지 않았다. 덩치 큰 좀비 하나가 기역자로 꺾인 상체를 덜렁거리며 운전석 쪽으로 팔을 뻗었다. 핸들을 휙 돌렸다. 레토나의 묵직한 바퀴가 좀비의 몸을 짓이기는 느낌이 그대로 전해졌다. 또 하나, 그리고 또 하나. 최지호가 핸들을 움직일 때마다 좀비들이 쓰러졌고 뭔가가 으깨지는 소리와 함께 좀비의 포효도 점점 줄어들었다.

"됐어!"

이도민이 소리쳤다. 최지호는 와이퍼를 움직여 앞 유리에 튄 피를 닦아냈다. 그때였다. 덜컹, 하는 기분 나쁜 소리가 들린다 싶더니 차가 멈췄다. 바퀴가 헛돌면서 더 이상 앞으로 나가지 않았다. 지프는 굉음과 함께 공회전을 했다.

"앞바퀴에 뭔가 낀 것 같습니다."

최지호가 외친 순간 다른 무리의 좀비가 충무김밥 옆 골목에서 나타났다. 시끄러운 소리에 이끌린 모양이었다. 수가 많았다. 크아아! 맹수 같은 포효를 토해내며 놈들이 다가오고 있었다.

"밟아! 밟으라고!"

이도민이 신경질적으로 외쳤다. 최지호는 다급한 마음에 후진 기어를 넣었다. 그래도 차는 움직이지 않았다. 바퀴 쪽에서 연기가 피어올랐다. 이대로 무리하게 가속페달을 밟았다가는 차가 고장 날 것 같았다.

"제가 내려서 해결하겠습니다."

그 말에 최지호는 남정철을 돌아봤다. 그는 평온한 표정이었다. 얼굴이 벌겋게 달아오른 이도민과는 완전히 반대였다.

"하지만 좀비들이……."

최지호가 미처 말을 끝내기도 전에 이도민이 소리쳤다.

"그래! 뭐라도 해봐."

남정철은 그 말을 기다렸다는 듯 스윽 일어나 조수석 쪽으로 넘어왔다. 순간 서늘한 기운이 최지호의 팔뚝을 스쳤다.

"다녀오겠습니다. 시동 끄고 계세요."

그렇게 말한 후 남정철은 조수석 문을 열고 밖으로 나갔다. 최지호는 바로 시동을 껐다. 성난 짐승처럼 으르렁거리던 레토나가 잠잠해졌다. 남정철은 조금도 서두르지 않고 지프 앞부분을 지나 운전석 쪽으로 다가왔다. 그 사이 좀비들은 몇 미터 앞까지 다가왔다. 놈들의 흉측한 몰골이 똑똑히 보였다. 최지호는 자기도 모르게 마른침을 삼켰다.

"괜찮을 거야. 괜찮을 거라고."

이도민이 중얼거렸다.

'저자도 확신은 없군.'

최지호는 그런 생각을 했고, 그러자 왠지 모를 통쾌함과 함께 딱 그만큼의 불안감이 스멀스멀 피어올랐다.

"여기에 좀비 하나가 통째로 끼어있네요."

남정철이 운전석 앞바퀴를 내려다보며 말했다. 그러고는 빙긋 웃었다.

"서둘러요!"

최지호는 남정철 바로 뒤까지 다가온 좀비를 보며 외쳤다. 남정철은 상관없다는 듯 어깨를 으쓱한 다음 바퀴를 향해 허리를 숙였다. 좀비들은 아가리를 크게 벌린 채 레토나 주위를 에워싸기 시작했다. 성별은 물론이고 연령대나 차림새도 제각각인 좀비들은 놀랍게도 남정철에게 신경을 쓰지 않았다. 그저 차 안의 최지호와 이도민을 향해 이빨을 드러낼 뿐이었다. 좀비들에게 남정철은 없는 존재 같았다. 아예 먹잇감으로 인식을 하지 않는 듯도 보였다.

"역시, 내 예상이 맞았어!"

이도민의 기쁨에 찬 중얼거림을 들으며 최지호 역시 인정할 수밖에 없었다. 콜드블러드는 잘 짠 작전이라는 것을.

"됐습니다."

"엇!"

갑자기 들린 소리에 최지호는 흠칫 놀랐다. 운전석 옆에 붙어선 남정철이 좀비의 머리통 하나를 들고 있었다. 그의 얼굴에는 피가 점점이 튀어 있었다. 두 손은 아예 피범벅이었다. 머리통만 남은 좀비는 볼이 투실투실한 놈이었다. 부릅뜬 시뻘건 두 눈이 최지호를 노려보고 있었다.

"끼인 걸 빼냈으니 이제 차가 움직일 겁니다."

남정철이 말했다.

"어서 타!"

이도민이 외쳤다. 좀비의 머리통을 던져버린 남정철은 이번에도 범퍼를 돌아 조수석 쪽으로 왔다. 역시 좀비들은 남정철을 건드리지 않았다. 심지어 바로 옆으로 지나가는 데도 반응이 없었다.

"다시 출발합니다."

최지호는 남정철이 타기를 기다렸다가 시동을 걸었다. 차가 부르릉거리자 좀비들이 일제히 위협적인 소리를 내질렀다. 놈들은 차로 다가와 두드려대기 시작했다. 최지호는 가속페달을 밟았다. 붕~ 지프가 좀비들을 치며 시원하게 달려 나갔다.

차가 명동을 빠져나갈 때까지 최지호는 한 마디도 하지 않았다. 오로지 운전에만 집중했다. 여기저기서 좀비들이 산발적으로 튀어나왔고, 때로는 피해 가거나 때로는 뭉개고 가거나 순발력 있게 결정해야 했다. 그런 상황이다 보니 이도민과 남정철도 내내 침묵을 지켰다.

명동을 지나 남산 쪽으로 접어들자 상황이 나아졌다. 듬성듬성 차들이 서 있긴 했지만 적어도 좀비 수는 확 줄었다. 이 높은 길까지 올라와 어슬렁대는 좀비는 몇 없었다.

"별다른 상황만 발생하지 않는다면 여기서부터 계속 달려 한남대교에 이르게 됩니다. 그걸 넘으면 강남으로 들어가고."

최지호가 말했다.

"좋아! 이 작전은 분명 성공할 거야."

이도민은 흥분한 목소리로 외쳤다. 아무래도 남정철이 보여준 모습이 인상적이었던 모양이다. 이도민 역시 이 작전의 성공 여부를 완전히 믿지는 못했던 게 아닐까 하고 최지호는 짐작했다. 이도민의 얼굴에는 지금에야 안도의 표정이 떠올라 있었다.

"말씀드렸지 않습니까? 저는 괜찮다고."

남정철이 조용히 말했다. 그는 피 묻은 손을 옷에 문질러 닦았다. 푸른색 죄수복에 붉은 얼룩이 생겼다.

"예상이야 했지. 하지만 실제로 본 건 지금이 처음이니까."

"실제로가 처음이라면?"

최지호는 이도민에게 물었다.

"동영상으로만 봤거든. 이 빌어먹을 사태 초기에 경기북부 교도소 전체가 좀비로 뒤덮였는데, 저자 혼자 유유히 교도소를 돌아다니는 모습이 CCTV에 찍혔거든. 주위 좀비들이 아무런 반응을 안 하더군. 그 사실을 보고받고 작전을 떠올린 거야. 저 친구가 냉혈한이라는 건 누구나 아는 사실이었으니까 혹시 체온과 관련이 있는지 연구를 시작했지."

이도민은 자부심에 가득 찬 목소리로 떠들었다. 역시, 자기 잘난 맛에 사는 유형의 인간인 듯했다. 최지호가 알기로 이도민은 미국의 유명 대학교를 수석 졸업한 후 곧장 한국으로 돌아와 이런저런 사업을 벌였다. 그것들이 일정 이상 성공해 유망한 인재로 언론의 관심을 끌기 시작하면서 대중에게 노출됐고 자연스레 정계의 러브콜을 받았다. 젊고 유능하며 혁신적인 아이디어를 가진 비서실장. 그것이 이도민을 설명하는 문구였다. 최지호는 그 문구에 몇 가지를 더해야 비로소 완성이 될 거라 생각했다. 유능하며 혁신적이지만 몽상가 기질이 다분하고 잘난 척이 심하며 고집이 세고 신경질적인 젊은 꼰대.

"비서실장님께서 불러주셨던 그날, 저는 처음으로 제 사명을 다할 수 있겠구나 하고 생각했습니다."

'사명?'

남정철의 말을 들으며 최지호는 의문을 품었다. 연쇄살인마가 사명을 운운한다고?

"오호. 그 말은 처음 듣는데? 무슨 사명이지?"

이도민이 흥미롭다는 투로 물었다.

"저는 구원을 받았거든요."

남정철이 말했다.

"구원?"

"수감 생활을 하는 동안 하나님을 믿게 되었고 더불어 죄 사함의 은혜를 입게 되었습니다. 그러니 구원을 받은 것이죠."

이도민은 반응이 없었다. 최지호는 운전대를 잡은 손에 힘을 꽉 줬다. 남정철은 냉랭한 분위기에도 아랑곳하지 않고 말을 이었다. 아니, 지금의 분위기를 즐기는 것도 같았다.

"저를 용서하신 하나님은 이렇게 명하셨습니다. 가서, 사람들을 도우라. 그리하여 내 복음, 즉 회개의 복음을 만천하에 전하라. 어떻게 하면 그 숭고한 사명을……."

"개소리 하고 있네."

최지호가 참다 못해 중얼거렸다. 남정철의 서늘한 시선이 느껴졌다. 생각 같아서는 다시 차를 세우고 놈의 면상을 갈기고 싶었다.

"이것 봐."

이도민이 불렀지만 최지호는 대답 없이 하고 싶은 말을 쏟아냈다. 분노를 담아서.

"사람을 그렇게 많이 죽여 놓고 뭐? 회개? 죄 사함? 구원? 미친 새끼 아냐! 누가 누굴 용서했다고."

"용서란 인간이 할 수 있는 게 아닙니다. 저 역시 인간에게 용서받으리라곤 기대하지 않았죠. 전 살인을 했지만 미치광이는 아닙니다. 제가 어떤 잘못을 했는지 정확히 알고 있어요. 다만……."

"다만?"

"누군가를 죽이지 않고는 몸을 덥힐 수가 없었거든요."

"뭐?"

순간 차가 휘청했다. 최지호가 고개를 돌려 남정철을 노려봤기 때문이었다.

"자넨 진정하고 운전에 집중해. 넌 그 입 다물고!"

이도민이 외쳤지만 남정철은 계속 떠들어댔다.

"난 항상 추웠어요. 몸이 차다고 그 누구도 곁에 오지 않았죠. 겨울이면 특히 더 고통스러웠습니다. 아마 두 분 다 모르실 거예요. 33도의 체온으로 살아간다는 게 얼마나 고통스러운 일인지. 전 어릴 때부터 파충류라는 별명으로 불렸어요. 부모님도 절 안아주지 않았죠. 어디에서나 별종 내지는 기분 나쁜 놈이라는 소리를 들었어요. 그러다가…… 처음으로 사람을 죽이게 되었습니다. 똑똑히 기억해요. 그때 그 순간을. 더러운 자식을 낳았다며 어머니를 때리던 아버지. 그 인간의 배에 부엌칼을 쑤셔 넣었을 때 몸이 확 달아오르는 걸 느꼈죠. 피가 더워지고 심장이 빨리 뛰고 체온이 오르는 걸 느꼈다는 말이에요. 온몸이 따뜻해졌습니다. 아니, 뜨거워졌습니다. 처음 느낀 그 강렬한 온기 속에서 저는 깨달았죠. 지금껏 그랬듯이 앞으로도 누군가에게 이해받지 못하며 살겠지만, 사는 동안에는 누군가를 끊임없이 죽여야겠구나. 그래야…… 따뜻한 인간이 되겠구나, 하고…….”

“닥쳐!”

최지호는 운전대를 내리쳤다.

“닥치라고. 이 변태 개새끼야!”

가속페달을 더 세게 밟았다. 레토나는 성난 맹수처럼 달려 나갔다.

“어어! 진정해! 진정하라고.”

이도민이 말했다.

“정말로 저런 새끼한테 이 일을 맡길 겁니까?”

대안이 없다는 걸 알면서도 최지호는 그렇게 물었다. 그걸 알기에 더 분노가 치밀었다. 분노를 폭발시킬 수 없다는 것 역시 알기에 더 미칠 것 같았다.

"말했잖습니까? 전 살인을 일삼던 과거의 남정철이 아닙니다. 이제 주님을 영접했고 완전히 다른 사람이 되었습니다. 저는 이 나라의 국민을 구하라는 숭고한 사명을 완수할 준비가 되어 있습니다. 그러니 걱정하지 마세요."

"어떻게 됩니까?"

최지호가 물었다.

"뭐가?"

이도민이 되물었다.

"저 새끼. 임무를 끝낸 후에는 어떻게 되는 거냐고요?"

"사면. 그게…… 조건이었어."

이도민의 목소리가 줄어들었다. 최지호는 믿을 수가 없어 이도민을 돌아봤다. 저 괴물 살인마를 풀어준다고?

"다른 조건도 있지 않습니까? 그것도 지키셔야죠."

남정철이 그 희미한 미소를 거두지 않은 채 말했다.

"그, 그래."

이도민이 더듬거렸고 최지호는 구린 냄새를 어렵지 않게 맡을 수 있었다.

"다른 조건이라는 건 뭡니까?"

"자네에게 다 말해 줄 의무는……."

"백신으로 치료한 후에도 인간으로 살아가기 힘든 좀비는 모두 제게 준다고 했습니다. 마음껏 죽일 수 있도록."

　남정철은 기쁨에 찬 목소리로 그렇게 말했다. 서늘한 기운이 넘실넘실 피어올라 최지호의 목덜미에 닿았다. 그것은 남정철의 입김이었다. 흥분에 겨워 떠들어 댈 때마다 차디찬 입김이 차 안을 떠돌았다. 최지호는 입을 다문 채 운전에만 집중했다. 그렇게라도 하지 않으면 총으로 남정철을 쏠 것만 같았다. 그 순간에도 놈은 미소를 짓고 있을 것 같았다. 뱀처럼 차가운 미소를.

한남대교

한남대교 십여 미터 앞에서 차를 멈췄다. 차들이 늘어서서 길을 막고 있어 더 움직이기 힘들었다.

"이제부터 걸어야 합니다."

최지호의 말에 이도민은 난감한 표정을 지었다.

"여기서 대한제약까지 걸어간다면 얼마나 걸리겠나?"

"글쎄요. 사정에 따라 다르겠지만 2시간 정도는 걸리지 않을까요?"

"이걸 들고 2시간을 걷는다고?"

이도민은 의약품 박스를 노려보며 중얼거렸다. 박스는 꽤 무거웠다. 어떤 충격에도 내부의 백신이 손상되지 않도록 보호하기 위해 냉각제와 완충제를 잔뜩 넣었고 박스 자체도 두껍게 만들었다. 단거리라면 몰라도 2시간 거리를 혼자 들고 가기엔 확실히 무리가 있었다.

"백신만 빼서 들고 가는 건 어떻겠습니까?"

남정철이 물었다.

"안 돼. 주사기에 든 바이러스는 대한제약도 가지고 있을 거야. 혹시나 해서 넣었을 뿐이고, 그건 이 박스로 옮기지 않아도 돼. 하지만 백신은 냉동 상태로 가져가지 않으면 아무런 소용도 없어. 이 날씨에 박스에서 백신을 꺼냈다가는 10분도 안 돼 훼손될 거야."

"원래 작전대로였다면……."

"특수부대원들이 번갈아 들고 강남역에서 최대한 가까운 지점까지 이동하는 거였어. 좀비 수천 마리가 모여 있는 강남역 사거리에서 대한제약까지만 남정철이 옮기는 거였고."

최지호의 의문은 거기서 끝나지 않았다.

"그러면 대한제약은 안전한 겁니까?"

"거기엔 이미 최후의 방어선을 펼쳐놓았어. 백신 개발 초기에 제일 먼저 한 일이 바로 그거야. 그땐 좀비들이 강남역으로 갑자기 밀려올 줄은 몰랐지. 젠장!"

"백신 생산이 끝나면 그땐 어떻게 보급이 되는 겁니까? 헬기도 없는데."

최지호는 또 물었다.

"일주일 뒤 미군이 헬기를 타고 대한제약에 접근해. 백신 개발은 우리나라가 세계 최초야. 미국은 대규모 병력을 투입해 백신을 보호하고 국내 유통을 도와줄 거야. 대신에 거의 공짜로 백신을 얻어갈 거고. 그쪽도 지금 말이 아니니."

'역시······.'

최지호는 이도민의 주도면밀함을 인정할 수밖에 없었다. 단 하나의 변수로 작전이 꼬였지만 일단 백신을 대한제약에 전달할 수만 있다면 그 후는 일사천리로 진행이 될 것 같았다. 이도민이 자신감을 보인 이유가 있었던 것이다.

"그러면 방법은 한 가지뿐이네요."

최지호는 안전벨트를 풀며 말했다.

"무슨 방법?"

"우리 셋이서 갈 수 있는 한 가보는 거."

"하지만······."

"우선 목표는 한남대교를 넘는 걸로 세워보는 겁니다."

최지호는 운전석에서 내렸다.

"시원시원하군요."

남정철이 말했다. 잠시 망설이던 이도민도 의약품 박스를 챙겨 차에서 내렸다. 남정철이 그 뒤를 이었다. 최지호는 지프 측면에 매달려 있던 야전삽을 빼 이도민에게 내밀었다.

"삽질은 좀 해 보셨어요?"

"삽질?"

"여차하면 이걸 무기로 써야 하니까."

최지호는 이도민이 삽을 받기를 기다렸다가 앞장섰다. 글록 19를 든 채 한남대교로 향하는 최지호를 보며 남정철이 한 마디를 했다.

"감사합니다."

최지호는 대꾸하지 않았다.

"자네 가족들은 무사하나?"

이도민이 최지호를 향해 물었다.

"모두 감염됐습니다."

"그럼 백신 생산이 끝나면 자네 가족들부터……."

"괜찮습니다. 이미 죽었으니까."

제일 먼저 감염된 건 엄마였다. 엄마는 그동안의 한풀이를 하듯 아버지를 공격해 물어뜯었다. 그 사실을 최지호에게 알려준 건 남동생이었다.

"누나. 내가, 내가 엄마 아빠를 죽였어."

덜덜 떨며 말하는 남동생 역시 감염된 상태였다. 빨갛게 충혈된 눈과 창백한 낯빛, 그리고 손에 남은 잇자국을 보면 바로 알 수 있었다. 좀비 사태 발생 초기, 외부 작전으로 부대를 잠시 벗어났을 때를 틈타 집으로 향했던 최지호였다. 야밤에 들어선 집 안에는 피비린내가 가득했다. 아버지의 기대와는 달리 육사에 들어가지 못했던 남동생은 공무원 시험을 준비 중이었다. 몇 년간 계속. 거뭇하게 자란 수염과 덥수룩한 머리카락을 한 채 남동생은 제발 도와달라고 애원했다. 엄마에게 살짝 물렸지만 자신은 괜찮다고. 좀비에게 물리고 괜찮은 인간은 없었다. 최지호가 알기로. 그래서 그는 자신이 할 수 있는 최선의 방법으로 남동생을 도왔다. 녀석이 좀비가 된 채 어슬렁거리는 일 없도록 확실히. 거실에 굴러다니는 아령을 휘둘렀을 때의 감촉이 여태 손에 남아 있었다.

'그때 남동생을 죽이지 않았다면 다시 인간으로 되돌릴 수 있지 않았을까?'

"…… 대위."

이도민이 부르는 소리에 최지호는 퍼뜩 현실로 돌아왔다.

"네?"

"놈들이야."

이도민이 속삭였다. 최지호는 전방으로 고개를 돌렸다. 한남대교 초입에 좀비 세 마리가 있었다. 여느 좀비들처럼 으르렁

소리를 내며 계속 같은 자리를 왔다 갔다 했다. 마치 다리를 지키는 수문장처럼.

"최대한 조용히 처리해야 합니다."

최지호는 권총을 뒤춤에 넣고 주위를 살폈다. 바닥에 나뒹구는 수많은 쓰레기 중 피 묻은 망치 하나가 눈에 들어왔다. 아마 누군가가 사용했던 최후의 무기인 듯싶었다. 최지호가 망치를 주워들고 돌아섰을 때 남정철이 역시나 피 묻은 수석 하나를 들어 보였다. 코끼리처럼 생긴 수석이었다.

"저도 돕겠습니다."

남정철의 말에 최지호는 딱히 반대하지 않았다. 최지호는 이도민에게 기다리라는 신호를 보낸 뒤 한남대교로 향했다. 차들이 좋은 방패막이 되어 주었다. 최지호와 달리 남정철은 몸을 숨기지 않고 바로 뚜벅뚜벅 걸어갔다. 좀비들은 남정철이 바로 앞까지 다가가는데도 전혀 모르고 있었다. 분명 시야에는 들어온 것 같은데 먹잇감으로 인식을 못하는 모양이었다.

'진짜 무적이군.'

최지호가 그런 생각을 하는 사이 남정철은 수석으로 맨 앞의 좀비 머리통을 때렸다. 퍽 소리가 몇 미터 떨어진 최지호에게도 똑똑히 들렸다. 그 역시 숨어있던 차에서 튀어나가 뒤돌아선 좀비의 머리에 망치를 박아 넣었다. 남은 한 마리마저 제압한 최지호는 이도민을 향해 고갯짓을 했다. 이도민은 주위를 둘러보며 허둥지둥 움직였다. 그 동작을 보아하니 삽질도 못할 게 분명했다.

"제가 앞장 서는 게 어떻겠습니까?"

남정철이 물었다. 최지호는 인정할 수밖에 없었다. 그게 제일 안전한 방법이었다. 결국 박스를 든 이도민을 중간에 세우고 최지호가 맨 뒤로 처졌다. 박스는 둘이서 돌아가며 들기로 했다.

"더럽게 무거워. 이거."

이도민은 툴툴거렸다. 한 손에는 의약품 박스를 들고 팔에는 야전삽을 낀 모습이 우스꽝스러웠다. 게다가 이 더위에도 재킷은 끝내 벗지 않고 있었다.

한남대교 위에는 예상대로 차들이 잔뜩 엉켜 있었다. 한때는 누군가의 팔다리였을 것들이 떨어져 그대로 말라가는 중이었다. 바닥에 길게 늘어진 채로 썩고 있는 누군가의 내장에는 파리 떼가 달라붙어 맹렬한 날개 소리를 냈다. 그나마 다른 좀비들은 보이지 않았다. 파리 떼의 붕붕거리는 소리만 뺀다면 기분 나쁠 정도로 조용했다.

"두 분은 왜 이런 일이 벌어졌는지 아십니까?"

앞서 가던 남정철이 조용히 물었다. 그의 뒷모습은 여유로워 보였다. 마치 산책이라도 나온 것 같았다.

"바이러스의 진원지가 어디인지는 아직 밝혀내지 못했어."

이도민이 대답했다.

"바이러스라…… 어쩌면 그건 하나의 매개일 뿐입니다."

"매개?"

"주님은 바이러스를 통해 자신이 역사하심을 알리려는 것이죠. 보십시오. 우리나라는 물론이고 세계의 모든 강대국이 바이러스 앞에서, 좀비 앞에서 무너지고 있지 않습니까? 그 옛날 자연재해를 통해 분노를 표현하셨던 주님은 이제 바이러스로 그걸 대신하고 계신 거죠. 즉, 이건 타락한 인간에 대한 신의 응징인 겁니다."

"호호, 성경 속 선지자라도 된 것처럼 말하는군. 재밌어."

이도민은 피식 웃었다.

"저를 복음으로 이끈 목사님이 말씀하셨죠. 주님은 때로 악인을 통해서도 복음을 전파하신다고. 신약의 사도 바울이 기독교인들을 박해하는 데 앞장섰던 악인이라는 이야기는 아실 겁니다. 하지만 자애의 하나님은 그런 자에게 나타나시어 사도의 길을 걷게 하셨죠."

"그 목사는 어찌 되었지? 구원 받았나? 응?"

"구원…… 받았죠. 좀비가 되기 전에 제가 천국으로 보내드렸으니까."

"개 같은 소리 그만하고 입 닫아!"

최지호가 말했다. 그는 승용차 운전석에 앉은 좀비와 눈이 마주친 상태였다. 좀비는 안전벨트를 맨 채로 발광했다. 창문을 때리더니 급기야 머리로 운전대를 들이받기 시작했다. 이도민이 뒤를 돌아보더니 중얼거렸다.

"젠장."

'빵!'

경적이 울렸다.

'빵!'

다시 한번.

'빠앙!'

이번에는 길게. 좀비는 머리로 경적을 누르며 계속 발버둥 쳤다. 빠앙! 빠앙! 높고 날카로운 소리가 다리 위에 울려 퍼졌다.

"어떻게 좀 해봐!"

이도민이 외쳤다. 최지호는 승용차로 다가가 운전석 창문을 깼다.

"크아아!"

좀비가 기다렸다는 듯 이빨을 드러냈다. 최지호는 망치로 좀비의 얼굴을 뭉갰다. 한남대교는 정적을 되찾았다. 하지만 곧 다른 소리가 들려왔다.

'크아아.'

고대 전사들이 나팔 소리에 응답하며 함성을 내지르듯 곳곳에 숨어 있던 좀비들이 경적에 이끌려 다리로 몰려왔다. 세 사람이 방금 지나온 한남대교 입구는 이미 좀비 떼가 가로막고 있었다.

"어, 어디서들 몰려온 거야?"

이도민이 더듬거렸다. 얼굴에 당황한 기색이 역력했다.

"돌아갈 수는 없습니다. 계속 가야 합니다. 빨리!"

최지호가 말했다.

"저 앞도 상황은 안 좋은 것 같네요."

남정철의 말에 최지호는 정면을 봤다. 저 멀리 한남대교 끝에서도 놈들이 비척대며 움직이고 있었다. 수가 꽤 많았다.

"포위된 거야? 응?"

이도민이 소리쳤다. 최지호는 앞뒤로 고개를 돌리며 상황을 살폈다. 어차피 이 다리를 넘지 않고는 방법이 없었다. 저 뱀 같은 놈이야 살아남는다 해도 문제는 자신과 이도민이었다. 그리고 백신. 양쪽의 좀비 수는 엇비슷해 보였다. 그렇다면 전진만이 살 길이었다.

"그거 더 들 수 있겠어요?"

최지호가 박스를 가리키며 물었다. 이도민은 박스와 최지호를 번갈아 보다가 고개를 끄덕였다. 삽을 들고 좀비와 맞서 싸우는 것보다는 박스를 옮기는 게 낫다고 판단한 모양이었다.

"자기 몸은 자기가 지키는 겁니다."

그렇게 말하며 최지호가 이도민의 등을 밀었다. 남정철은 이미 걸음을 옮기고 있었다. 한남대교를 중간쯤 건넜을 때 정차한 트럭과 트럭 사이에서 튀어나온 좀비 둘과 마주쳤다. 남정철이 한 놈을 처리하고 나머지 하나는 최지호가 맡았다. 작업복을 걸치고 안전모를 쓴 좀비였다. 놈은 망치질 한 번에 쓰러지지 않았다. 더럽게 튼튼한 안전모였다. 최지호가 다시 망치를 휘두르려는 찰나, 좀비가 휙 달려들었다.

"아!"

예상치 못한 재빠른 공격에 최지호는 비틀거리다가 다리가 꼬이며 쓰러지고 말았다. 좀비가 위에 올라탔다.

"크아아!"

싯누런 이빨이 최지호의 바로 눈앞에서 번득였다. 그는 한 손으로 좀비의 목을 잡고 밀어내며 오른손으로 망치를 휘둘렀다. 힘이 들어가지 않은 탓인지 아니면 턱에 빗맞아서인지 좀비는 끄덕하지 않았다. 오히려 더 거세게 아가리를 들이밀었다. 최지호는 이를 악물고 버텼다. 동시에 놈의 눈깔에다가 엄지를 쑤셔 넣었다. 그 자세 그대로 이번에는 정확하게 얼굴을 노려 망치를 내리꽂았다. 한 번. 두 번. 퍽퍽 소리가 날 때마다 놈의 얼굴이 부서지고 뼈가 드러났다. 퍽! 세 번째 망치질 만에 좀비는 앞으로 고꾸라졌다. 이제는 꼼짝 않게 된 시체를 밀어내며 일어난 최지호는 멍하니 선 채 앞만 바라보는 이도민을 발견했다.

"끝났어. 씨팔. 끝났다고!"

그렇게 중얼거리는 이도민을 따라 최지호도 시선을 돌렸다. 앞쪽에서 다가오던 좀비의 수가 늘어나 있었다. 생각보다 거리도 확 좁혀진 상황이었다. 뒤를 바라봤다. 거기도 마찬가지였다. 셋, 아니 둘은 꼼짝없이 갇힌 꼴이 되었다.

"아직 포기하긴 일러요."

최지호는 권총을 빼들었다.

"10발뿐이라며?"

"길을 틀 테니까 최대한 몸을 사리면서 박스를 들고 달려요."

최지호가 말했다.

"그 다음에는?"

"한남대교만 지나면 저자한테 맡기는 겁니다. 이제 우린 아무런 도움도 안 될 거예요."

"젠장!"

남정철은 둘과는 멀찍이 떨어져서 주위를 둘러보고 있었다. 마치 이 세상 사람이 아닌 것 같았다. 뭐가 그리 즐거운지 하늘을 올려다보며 빙긋 웃기도 했다.

"박스가 아무리 무거워도 쉬엄쉬엄 들고 가면 되잖아요! 시간이야 걸리겠지만 저 인간이 좀비한테 당할 리는 없으니……."

"못 믿어."

"네?"

최지호는 소리 죽여 말하는 이도민을 향해 되물었다.

"못 믿는다고. 주님의 사명이니 뭐니 떠들어 대는 저 따위 살인마를 내가 진심으로 믿을 것 같아? 아직도 누군가를 죽일 궁리만 하는 저 변태 새끼를 진심으로 믿었을 것 같으냐고! 중간에 힘들다며 박스를 그냥 두고 가버리면? 우리에게 백신은 절대 필요한 것이지만 저놈한테는 있어도 그만이고 없어도 그만이야. 멸망한 세상에서 혼자서도 살아갈 수 있다는 걸 놈도 알 걸?"

땀으로 범벅이 된 이도민의 얼굴에는 이제야 절망의 빛이 떠올라 있었다. 야심과 자신감이라는 가면을 벗어던진 그는 그저 꼴사나운 중년에 지나지 않아 보였다. 그래도 최지호는 지금이 더 마음에 들었다. 적어도 둘의 생각이 일치한다는 건 알았으니.

"처음에 들었던 소리를 이제 제가 하게 되네요. 그래도 대안이 없잖아요. 지금은 저 새끼를 믿어야지!"

"저놈은 죽을 거야."

이도민이 중얼거렸다.

"그건 또 무슨 소리예요?"

최지호는 남정철의 눈치를 보며 속삭였다.

"대한제약에 포진한 병력에 그렇게 명령해 놓았어. 저놈이 백신을 전달하면 그 자리에서 사살하라고."

"온통 거짓말뿐이네요. 미리 말하지만 그런 이야긴 지금 하지 마세요."

"그러니 자네가 끝까지 책임져 줘."

이도민이 말했다.

"또 무슨 말이죠? 이해할 수 있게 말해 주세요."

최지호는 이 인간의 말버릇에 짜증이 일었다. 결과와 결론부터 말하지 않으면 군에서는 대차게 까인다. 부하였다면 당장에 정강이를 걷어찼을 것이다.

"저놈이 사면되는 일 따위는 없으니까 작전 성공을 위해 이 박스를 부탁한다는 말이야."

이도민은 최지호에게 의약품 박스를 내밀었다.

"하지만, 비서실장님은……."

"권총 줘 봐. 내가 놈들 주위를 끌 테니까 자네가 남정철과 함께 여길 빠져나가."

최지호는 잠시 망설였다. 그때였다. 남정철이 이쪽을 돌아보며 한 마디를 했다.

"두 분은 어쩌실 겁니까? 좀비들이 상당히 가까이 왔어요."

마치 커피는 뭐로 드실 거냐고 묻는 듯 느긋한 표정이었다. 그 면상을 보자 한 가지 확신이 머릿속을 스치고 지나갔다. 저 냉혈한을 절대 믿을 수 없다.

"알았어요."

최지호는 박스를 받아들며 동시에 권총을 내밀었다. 쏠 줄은 아느냐고 묻고 싶었지만 간신히 참았다. 이도민은 능숙하게 권총 안전장치를 푼 후 씁쓸한 미소를 지었다.

"미덥지 않아 보이는 건 알겠는데 내 취미 중 하나가 실탄 사격이었어."

"다행이네요."

최지호는 어깨를 으쓱했다. 딱히 대답할 말을 찾지 못했다.

"그래도 나보다는 자네가 박스를 지키는 데 훨씬 도움이 될 거야. 그러니 부탁하네."

이도민의 말대로 의약품 박스는 꽤 묵직했다. 이걸 들고 최대한 대한제약 가까이 접근해야 한다. 물론 살아남아서. 그리고 남정철을 데리고.

"알겠습니다. 최선을 다하겠습니다."

최지호는 덤덤히 말했다.

'감사합니다.'

이 말은 끝내 하지 않았다.

"이 나라를 구하게."

이도민은 끝까지 영화 속 마초 주인공이나 할 법한 대사를 날리며 앞으로 달려 나갔다. 남정철이 뒤를 보더니 빙긋 미소 지었다.

"우리 비서실장님이 영웅이 되기로 하셨나 봅니다."

"시끄러워."

최지호는 망치를 고쳐 쥐었다.

'탕!'

좀비 떼에게로 달려간 이도민이 권총을 발사했다. 고막을 찢는 큰 소리가 하늘에 울려 퍼졌다. 좀비들은 곧바로 반응했다.

"크아아!"

'탕!'

이도민은 앞선 좀비의 머리를 향해 총을 쏜 후 인도를 침범한 채 서 있는 덤프트럭으로 향했다. 아마 그 위에서 시간을 벌 셈인 것 같았다. 좀비들이 일제히 이도민을 쫓아갔다.

"가시죠."

남정철이 말했다.

"달려."

최지호는 이도민에게서 시선을 떼고는 반대편 인도로 올라가 달렸다. 한강을 가로지르며 바람이 불었다. 잿빛 강물은 소리도 없이 흐르고 있었다. 탕! 총소리가 또 들렸다. 망치와 의약품 박스를 든 채 도망치는 이에게 관심을 두는 좀비는 한 마리도 없었다. 탕! 총소리 뒤에 이도민의 외침이 들렸다.

"젠장!"

아마 덤프트럭에 올라가는 데 실패한 것 같았다. 탕! 총소리가 한 번 더 들렸다. 그 사이 최지호는 한남대교 끝에 다다랐다. 그는 이도민이 마지막 한 발을 자신에게 쏜다는 데 전 재산을 걸 수도 있었다.

동행

아무래도 한남대교 일대의 좀비들이 모두 다리로 몰려간 모양이었다. 최지호가 각오한 것과 달리 거리는 한산했다. 건물 유리는 죄다 깨지고 인도와 도로 할 것 없이 검붉은 피 얼룩이 가득했지만, 적어도 어슬렁거리는 좀비는 보이지 않았다.

"무섭지 않으세요?"

남정철이 물었다.

"들어주려고?"

"원하신다면."

"나중에 혼자서 실컷 들고 가야 하니 그때 주지."

최지호는 박스를 든 손에 힘을 줬다. 다리를 무사히 넘어오기는 했지만 대한제약까지는 여전히 1시간 이상 가야 했다. 좀비 떼와 다시 마주치지 않기를 바란다는 게 오히려 이상한 일이었다. 강남역을 가득 메운 좀비들 중 일부는 그 주변은 물론이고 이곳까지 돌아다니고 있을 게 뻔했다.

'내가 살아남기 위해서라도 방법을 찾아야 해.'

최지호는 그런 생각을 하며 머리를 굴렸다. 그때 간판이 반쯤 떨어져 덜렁거리는 카센터가 눈에 들어왔다. '외제차 전문'이라고 적힌 입간판은 그대로였다. 카센터 안에는 빨간색 페라리 한 대가 보닛을 연 채 서 있었다. 구형이기는 하지만 멋진 자태는 단연 눈에 들어왔다.

"오! 좋은 생각이네요."

남정철이 말했다. 최지호의 생각을 알아차린 모양이었다. 최지호는 곧장 카센터로 움직였다. 거리와 마찬가지로 카센터 근처도 조용했다. 간판만 아니라면 지금이라도 당장 누군가가 일을 하러 나타나도 이상하지 않을 정도로 안쪽은 멀쩡했다.

"여기서 기다려."

주위를 살핀 뒤 최지호가 남정철을 향해 말했다.

"물론이죠."

'기분 나쁜 새끼.'

최지호는 속으로 중얼거리며 카센터 사무실로 향했다. 창문이 없는 사무실 안에는 어둠이 짙게 깔려 있었다. 박스를 내려놓고 책상을 향해 다가갔다. 페라리 열쇠를 찾기 위해서였다. 열쇠는 분명 책상 서랍에 들어있을 것 같았다.

사무실은 좁았고 모든 게 한눈에 들어왔다. 그래서 방심하고 말았다. 최지호가 막 서랍을 열려는 찰나 누군가가 발목을 잡았다. 좀비였다. 정비복을 입은 좀비 하나가 어쩐 일인지 책상 밑에서 튀어나왔다.

"악!"

최지호는 비명을 지르며 물러서려 했다. 그러나 좀비는 발목을 놔주지 않았다. 힘이 엄청났다. 발목이 으스러질 것 같았다. 망치를 휘둘렀다. 하지만 더 빨랐던 좀비가 최지호의 발목을 획 잡아당기며 그대로 달려들었다.

'쿵.'

캐비닛에 뒤통수를 부딪치며 최지호는 쓰러졌다. 벙커에서 다쳤던 바로 그 부위였다. 아찔한 통증이 몰려오는가 싶더니 눈앞이 흐려졌다. 최지호는 의식이 멀어지면서도 반사적으로 망치를 앞으로 뻗었다. 좀비가 그걸 깨물었다. 한 번의 공격은 막아냈지만 다음이 문제였다. 몸에서 힘이 쭉 빠져나가며 망치마저 떨어뜨렸다.

"크아아!"

좀비가 최지호의 목덜미에 이빨을 박아 넣으려 했다.

'끝이다.'

최지호는 직감했다. 이상할 정도로 아무렇지도 않았다. 슬픔이나 회환이 밀려오지도, 지난날이 주마등처럼 지나가지도 않았다. 그저 뒤통수가 아팠고 좀비의 입 냄새가 고약하게 느껴질 뿐이었다. 최지호는 눈을 감지 않았다. 옛날부터 그랬다. 어린 시절 주사를 맞을 때도 최지호는 눈을 부릅뜬 채 바늘이 살갗을 뚫는 그 순간을 똑똑히 지켜봤다. 그래야 안심이 됐다. 좀비의 차가운 입김이 목에 닿았다.

그때였다.

퍽. 둔탁한 소리가 들린다 싶더니 눈앞에서 좀비의 대가리가 터졌다. 피와 누런 액체가 최지호의 얼굴에 쏟아져 내렸다. 좀비는 모로 쓰러졌다.

"괜찮습니까?"

남정철이 파이프렌치를 들고 서 있었다. 그가 손을 내밀었지만 최지호는 무시하고 혼자서 일어났다. 여전히 머리가 멍하고 초점이 잘 맞지 않았다. 책상을 짚고 숨을 골랐다. 그제야 조금씩 정신이 돌아왔다.

"닦으세요."

남정철이 수건을 내밀었다. 기름때를 닦는 데 쓰는 수건인 것 같았지만 최지호도 이번에는 마다하지 않았다. 얼굴에서 흘러내리는 피를 빨리 닦아내고 싶었다.

"어떻게 알고?"

대충 닦은 후 최지호가 물었다.

"소란스러운 소리가 들렸거든요."

"고마워요."

서랍을 뒤지며 툭 한 마디를 던졌다. 남정철은 대답하지 않았다. 그 재수 없는 표정으로 웃고 있을 뿐이었다. 페라리 열쇠는 쉽게 찾았다. 로고가 박힌 빨간색 열쇠는 그 자체로도 비싸 보였다. 최지호는 열쇠를 들고 의약품 박스까지 챙긴 후 사무실을 빠져나왔다.

"저 멋진 차의 수리가 끝났어야 할 텐데 말입니다."

남정철이 열린 보닛을 보며 말했다.

"그러길 빌어야죠."

최지호는 그렇게 말한 후 아차 싶었다. 저 광신도 앞에서 빈다는 말 따위 쓰는 게 아닌데……. 뒤늦은 후회가 밀려왔지만 돌이킬 수는 없었다. 아니나 다를까, 남정철은 또 떠들었다.

"진심을 다해 빈다면 주님은 반드시 들어주시죠. 그것이 옳은 일이라면."

최지호는 보닛을 닫고 페라리에 올랐다. 남정철은 옆자리에

탔다. 2인승이니 다른 자리가 있는 것도 아니었다. 열쇠를 꽂고 시동을 걸자 웅~ 하는 소리와 함께 차체가 진동했다. 그 진동이 의자를 타고 온몸으로 전해졌다.

"옳은 일인가 보네요."

최지호는 후진 기어를 넣으며 말했다. 페라리는 미끄러지듯 부드럽게 움직였다. 클래식한 느낌을 물씬 풍기는 여러 버튼이 눈에 들어왔다. 모두 눌러보고 싶은 유혹을 애써 참았다.

"이제 강남역 앞까지만 가면 되겠습니다."

의약품 박스를 무릎에 올려놓은 채 남정철이 말했다.

"길이 막히지 않기를……."

'…… 빌어야죠.'

그 말을 애써 삼키며 최지호는 가속페달을 밟았다. 웅~ 차는 힘차게 달려 나갔다. 엔진 소리는 묵직했다. 한편으로는 묘하게 안정감이 있었다. 군용 레토나와는 비교하기가 민망할 정도였다. 땅에 딱 달라붙어 달리는데도 승차감 역시 최고였다. 최지호는 도로를 달리다가 차가 가로막고 있으면 아예 인도로 올라갔다. 고요한 도시에 울려 퍼지는 자동차 소리에 몇몇 좀비들이 튀어나왔지만, 페라리는 그것들의 그림자가 닿기도 전에 아득히 멀리 달아났다. 이대로라면 금세 목적지에 도착할 것 같았다.

"운전을 잘하시는군요."

남정철이 말했다.

"여자는 운전 못한다는 소리 듣기 싫어서……."

최지호는 남정철을 어떻게 대해야 할지 고민스러웠다. 말끝을 흐린 건 그 때문이었다. 놈에게 도움을 받은 건 분명했다. 덕분에 끔찍한 좀비가 되어 자기 내장을 질질 끌며 다니는 신세를 면할 수 있었다. 고마운 건 사실이었다. 연쇄살인마에다가 천하의 미친놈이라 해도 이자만이 유일한 희망이라는 사실 역시 부정할 수 없는 노릇이었다. 이 빌어먹을 좀비 사태를 종식하려면 반드시 필요한 존재. 그것이 바로 남정철이었다.

'일단은 비위를 좀 맞춰주자.'

최지호는 그렇게 결론을 내렸다. 아까처럼 윽박지르면 어떻게 변할지 알 수가 없으니…….

"정말로 그럴 겁니까?"

최지호의 물음에 남정철이 고개를 돌려 바라봤다. 서늘한 시선이 그대로 느껴졌다. 아니, 남정철이 바로 옆에 앉은 그 순간부터 차 안의 공기가 차갑게 바뀌었다.

"무슨 말씀입니까?"

"좀비에서 인간으로 돌아와도 어쩔 수 없는 이들을 죽이겠다는 거."

"크크."

남정철이 처음으로 소리 내어 웃었다. 이번에는 최지호가 남정철을 돌아봤다. 그는 어깨까지 들썩이며 웃더니 입을 열었다.

"농담이었습니다. 이도민 비서실장님을 시험한 것이기도 하고."

"시험?"

"진심인지 아닌지 알고 싶었거든요. 처음 이 작전에 대해 들었을 때 기발하지만 현실성이 없다고 생각했습니다. 왜 그런지 아십니까?"

"모르겠네요."

최지호는 솔직히 말했다.

"윗선에서 허락해 줄 리 없다고 생각했기 때문입니다. 저 같은 살인자에게 나라의 미래를 맡길 수는 없을 테니까요. 하지만 이도민 실장님의 의지와 확신이 강하다면 가능할 수도 있으리라 생각했고, 그래서 말도 안 되는 제안을 해 본 겁니다."

"그랬는데 덥석 수락을 했다?"

"사면까지는 받아 주리라 짐작했지만 두 번째 요구 조건에도 오케이 하는 걸 보고 확신했죠. 이 작전이 윗선을 통과하겠구나, 하고요. 그렇다면 저도 기꺼이 도움이 되고 싶었습니다. 아까도 말씀드렸다시피……."

"사명이니까."

최지호의 말에 남정철은 고개를 끄덕였다.

"그럼, 백신을 전달한 후 이 사태가 끝나고 사면이 되면 뭘 할 생각이죠?"

"조용히 살아갈 겁니다. 주님의 복음을 전하면서. 한동안은 꽤 혼란스러울 테니까요."

'사실일까?'

여러 번 질문해 봤지만 정답은 나오지 않았다. 어쩌면 정답은 없는 것일지도 모른다고 최지호는 생각했다. 이 작전의 핵심은 믿음이었다. 남정철이 좀비의 공격을 받지 않으리라는 믿음에서 탄생한 작전이었다. 그리고 그가 백신을 옮겨줄 것이라는 믿음으로 시작되었다. 믿음을 잃어버린 이도민은 결국 최후를 맞이했다.

'진짜 무슨 종교 같잖아.'

최지호는 그렇게 생각하며 운전을 계속했다. 옆자리의 동행은 에어컨이 필요 없을 정도로 서늘한 기운을 내뿜으며 경치를 감상하고 있었다. 멸망한 세상의 경치를, 아주 만족스럽다는 듯 미소를 지으며…….

발열(發熱)

논현역을 지나 먹자골목에서 강남대로로 접어 든 순간 좀비 떼를 발견했다. 최지호는 바로 페라리를 멈추고 시동을 껐다. 좀비들은 성난 시위대처럼 도로를 가득 메운 채 움직이고 있었다. 바이러스는 한순간에 퍼졌다. 정부에서 부랴부랴 통행금지를 발표했을 때도 사람들은 부지런히 일을 하고 있었다. 각자의 직장에서. 감염되면 열이 40도까지 오르는 바이러스가 창궐해도 다들 돈을 벌어야 했다. 감염자들이 일제히 좀비가 되고 그것들이 다른 사람을 공격하기 시작했을 때도 사정은 마찬가지였다. 그런 이유로 강남대로를 점령한 좀비들은 대부분 직장인들이었다. 적어도 차림새는 그랬다.

"여기서 전 내려야겠군요."

남정철이 말했다. 그는 소중한 것이라도 대하듯 의약품 박스를 어루만졌다.

"괜찮겠습니까?"

최지호가 물었다.

"보신 그대로입니다. 좀비는 절 공격하지 않습니다."

"박스가 꽤 무거워서……."

"아무리 무거워도 쉬엄쉬엄 들고 가면 되죠. 시간이야 걸리겠지만 제가 좀비한테 당할 리는 없으니."

최지호는 그 말에 고개를 끄덕였다. 남정철은 빙긋 웃더니 조수석 문을 열고 내렸다.

"저기요."

최지호가 문을 막 닫으려는 남정철을 불렀다.

"네?"

남정철은 허리를 숙여 차안을 들여다봤다.

"믿습니다."

믿어도 되겠습니까, 라고 물으려다가 그렇게 말했다. 남정철은 최지호를 빤히 보더니 다시 웃음을 터트렸다. 이번에는 소리 없이 웃었다.

"뭐가 웃기죠?"

최지호는 불편한 감정을 담아 물었다.

"아닙니다. 절 믿는다고 했던 사람들 대부분이 대위님과 비슷한 표정을 지었거든요."

"무슨 표정이죠?"

"반신반의하는 표정이었죠. 크크."

"그건……."

"압니다. 저라도 그랬을 거니까요. 방금까지 자신을 잔인하게 고문했던 이가 살려줄 테니 믿으라고 한다면 저 역시 비슷한 표정을 지었을 겁니다. 그럼."

남정철은 고개를 한 번 끄덕여 보인 후 돌아섰다. 그는 박스를 든 채 천천히 걸어갔다. 그 뒷모습을 보던 최지호는 눈을 감고 운전석에 머리를 기댔다.

"미친 새끼."

저절로 그런 말이 나왔다. 순간 꺼림칙한 느낌이 머릿속을 스치고 지나갔다. 뭔지는 모르겠지만 분명 거슬리는 게 있었다.

'뭐지?'

최지호는 골똘히 생각했다. 그 순간 남정철이 했던 말이 퍼뜩 떠올랐다.

- 아무리 무거워도 쉬엄쉬엄 들고 가면 되죠. 시간이야 걸리

72

겠지만 제가 좀비한테 당할 리는 없으니.

그건 최지호가 이도민에게 했던 말과 똑같았다.

'다 듣고 있었던 건가?'

그 생각을 하며 최지호는 고개를 돌려 남정철을 찾았다. 보이지 않았다. 강남 쪽으로 걸어간 지 1분도 지나지 않았는데 사라져버렸다.

"설마……."

그렇게 중얼거리며 조수석 창문 쪽으로 고개를 더 숙였을 때였다. 의자에 놓인 무언가가 눈에 들어왔다. 의약품 마크가 붙은 작은 캡슐이었다. 그것이 백신이라는 사실을 깨달은 순간 최지호의 심장이 내려앉았다.

놈은, 남정철은 다 알고 있었다. 그러면서도 연기를 했던 것이다. 최지호에게 잠시라도 믿음과 희망을 심어주기 위해. 그런 뒤 좌절과 절망을 선사하기 위해.

"개새끼!"

최지호는 백신을 집어 들고 바로 차에서 내렸다. 열기가 후끈 느껴졌다. 백신 캡슐은 서늘했다. 남정철 그 미친놈의 살가죽처럼.

좀비들은 멀찌감치 떨어져 있었다. 지금은 그것들을 걱정할 게 아니었다. 최지호는 다급히 주변을 둘러봤다. 골목이 한 두 개가 아니었다.

'시간이 얼마나 남았지?'

최지호는 빠르게 계산했다. 10분 안에 박스를 되찾아 넣어야 한다. 남은 시간이라 해 봐야 7분 안팎일 것이다.

"어디에 있어?"

조용히 중얼거리며 남정철이 숨었을 만한 곳을 찾았다. 멀리 가지는 못했다. 골목으로 들어가 도망치지도 않았을 것이다. 놈의 목적은 그게 아니었다. 남정철은 즐기고 싶은 게 틀림없었다. 희생자들 앞에서 전지전능한 힘을 과시했던 남정철이었다. 그는 어쩌면 죽이는 행위보다 사람들이 좌절과 절망에 빠져 발버둥치는 모습을 보며 더 희열을 느꼈을지도 모른다. 그렇다면……

최지호는 인도에 쭉 늘어선 건물들을 바라봤다. 건물 안에 숨었다면 바깥을 내다보기도 쉬울 것이다. 지금도 자신을 지켜보고 있을지 모른다. 지켜보며, 소리 없이 웃고 있을지 모른다.

'어디지?'

필사적으로 두리번거리던 최지호는 간판 하나를 발견했다. 한 블록 앞에 있는 건물 2층에 세로로 달린 간판이었다.

평강예수교회.

"저기다!"

최지호는 달렸다. 건물로 들어가는 문은 열려 있었다. 그 안으로 들어갔다. 빛이 들지 않아 어두운 계단을 올라 2층으로 향했다. 복도에 올라서 대로가 내다보이는 창가 쪽으로 몸을 틀려는 순간, 시야 밖에서 무언가가 날아왔다. 몸이 먼저 반응했다. 휙, 숙인 머리 위로 철제 쓰레기통이 스치고 지나갔다. 쾅! 쓰레기통이 벽에 부딪히는 것과 동시에 최지호는 고개를 돌렸다. 남정철이 몸으로 최지호를 들이받았다.

"윽!"

최지호는 신음을 흘리며 밀리다가 창문에 부딪혔다. 유리가 요란한 소리를 내며 깨졌다. 최지호는 머리를 감싼 채 몸을 굴렸다. 그 순간 남정철의 발이 날아들었다. 퍽. 뜨거운 통증이 옆구리를 깨물었다. 숨이 턱 막혔다. 개새끼의 발이 이번에는 얼굴로 날아왔다. 막으려다가 멈칫했다. 손에 든 백신 캡슐이 깨질 것 같았다. 퍽. 결국 발길질이 얼굴을 강타했다. 코피가 터졌다. 최지호는 벌렁 드러누웠다. 남정철이 자신을 내려다보고 있었다.

"믿음이 사라져가고 있는데 지금 어떤 기분인가요?"

"너 같은 새끼 처음부터 안 믿었어."

최지호는 중얼거렸다. 입안에 피가 고여 발음이 제대로 안 됐다. 눈앞에서 섬광이 계속 터졌다. 그럼에도 불구하고 남정철의 뒤에 놓인 의약품 박스는 똑똑히 보였다.

"한 번 빌어보시겠어요? 그렇다면 제가 순순히 작전대로 움직여 줄지도 모르잖아요. 크크."

'5분. 그 정도 남았나?'

최지호는 한 손에 백신 캡슐을 들고 한 손으로 땅을 짚으며 몸을 뒤집었다.

"등을 보이는 이유는 뭔가요? 엎드려서 빌려고?"

크크. 남정철은 소리 없이 웃고 있을 것이다. 특유의 그 표정으로 잠시 허공을 응시하며.

"아니!"

최지호는 남정철이 방심한 순간을 놓치지 않았다. 바닥을 짚은 팔에 힘을 준 채 다리를 길게 뻗었다. 그러고는 빠르게 회전하며 놈의 발목을 걸어찼다.

"억!"

무방비 상태로 서 있던 남정철은 엉덩방아를 찧으며 넘어졌다. 최지호는 벌떡 일어났다. 그런 뒤 자신이 당했던 그대로 개새끼의 얼굴을 힘껏 걸어찼다. 뼈 부러지는 소리와 함께 놈의 머리가 획 돌아갔다.

최지호는 쓰러진 남정철을 넘어 의약품 박스를 향해 달렸다.

그때였다. 오른쪽 종아리에 날선 통증이 날아와 박혔다.

"으악!"

비명이 터져 나왔다. 최지호는 엎어지며 뒤를 돌아봤다. 종아리에 큼지막한 유리 조각이 박혀 있었다.

"크크크."

남정철이 웃음을 터트렸다. 최지호는 이번에도 망설이지 않았다. 종아리에서 유리 조각을 빼자마자 그걸 들고 남정철의 목을 찔렀다. 울컥. 놈이 피를 토했다. 차갑고 묽은 피였다. 부릅뜬 눈으로 최지호를 올려다보던 남정철이 입을 열었다.

"내가…… 없이…… 어떻게……."

"죽어."

최지호는 온힘을 다해 유리 조각을 밀어 넣었다. 남정철은 크게 몸을 떨다가 축 늘어졌다.

3분.

엉금엉금 기어서 박스까지 갔다.

2분.

백신 캡슐의 표면은 아직 서늘했다.

1분.

의약품 박스를 열자 냉기가 흘러나왔다. 최지호는 그 안에 캡슐을 넣었다. 그러면서 바이러스가 든 주사기를 꺼냈다. 주사기 역시 차가웠고 안에 든 내용물도 얼어 있었다. 빛이 내리쬐는 창가에 주사기를 내려놓았다. 금세 녹으리라.

최지호는 주사기 속 내용물이 녹기를 기다리며 벽에 기댔다. 왠지 웃음이 나왔다.

"진즉에 죽여 버릴걸."

그렇게 중얼거리고 나니 속이 뻥 뚫리는 것 같았다. 개운했다. 이도민의 말이 맞았다. 놈은 믿어서는 안 될 존재였다. 그리 긴 세월을 살지는 않았지만 그래도 나름 깨달은 게 있었다. 세상에 믿어도 될 건 자신밖에 없다는 사실이었다. 역시, 이번에도 맞았다. 중간에 착오가 있긴 했지만 자신이 바로잡은 것 같아 뿌듯했다. 피식피식 새어 나오는 웃음은 아마도 그 때문인 듯했다.

최지호는 주사기를 향해 손을 뻗었다. 여름의 강렬한 햇빛은 바이러스로 가득 찬 주사액을 흐물흐물 녹여 버렸다. 순식간에. 마치 최지호의 기막힌 선택을 기다리고 있었다는 듯.

"이도민 씨. 이걸 넣어둔 건 혹시 만일의 사태를 대비하기 위해서인가요?"

주사기를 들고 물었다. 한남대교 위 어딘가에서 좀비가 된 채 어슬렁거리고 있을 야심가 양반을 향해. 그런 뒤 최지호는 자신의 왼팔에 주삿바늘을 찔러 넣었다. 언제나 그랬듯이 망설이지 않고.

냉혈로 안 된다면 발열이지.

최지호가 감염자가 되기 전 마지막으로 한 생각은 그것이었다.

구원자

2주 전, 대한제약에 투입돼 내부의 좀비를 소탕하고 빌딩 전체를 방어하기 시작한 부대는 수도방위사령부 소속 2개 대대였다. 그들에게 내려진 명령은 하나였다.

작전명 콜드블러드 종료 시까지 대한제약 빌딩을 지키는 것.

3대대 대대장인 윤중일 대령은 1층 로비에 서서 초조한 마음으로 시계를 확인했다. 계획대로라면 코드네임 구원자가 벌써 몇 시간 전에 모습을 드러내야 했다. 하지만 대한제약 빌딩 앞은 여전히 좀비들만 떼를 지어 돌아다니고 있었다. 심지어 청와대와는 더 이상 연락도 되지 않았다.

윤중일은 최악의 상황을 떠올렸다. 작전 실패 시에는 자신은 물론 부대원들 모두 살아남을 수 없었다. 비축한 식량이 떨어지면 밖으로 나가야 하는데 지금의 화력으로는 빌딩을 사수하는 정도가 최선이었다.

"정체 미상의 누군가가 접근하고 있습니다!"

다급한 목소리에 윤중일은 딴 생각에서 벗어났다. 빌딩 정문에서 좀비들 몰래 바깥을 살피던 병사가 달려왔다.

"방금 망원경에 잡혔습니다. 와서 보셔야 할 것 같습니다."

윤중일은 병사가 건네준 망원경을 들고 정문으로 향했다. 병사는 강남역 사거리 한복판을 가리켰다. 윤중일은 망원경을 눈에 대고 그쪽을 살폈다.

군복을 입은 여자가 걸어오고 있었다. 10여 미터 앞이었다.

"구원자입니까?"

또 다른 망원경으로 같은 방향을 보던 병사가 속삭이듯 물었다.

"글쎄……."

윤중일은 선뜻 대답하지 못했다. 자기가 알기로 구원자는 남자였다. 게다가 좀비와는 확실히 다를 거라고 했다. 지금 빌딩을 향해 똑바로 걸어오는 여자는 좀비처럼 절뚝거리고 비틀거렸다. 총을 든 소대장이 다가와 물었다.

"어떻게 하면 좋겠습니까? 명령하시면 저격하겠습니다."

좀비들이 몰려드는 걸 막기 위해 한 놈이라도 가까이 다가오면 소음기를 단 총으로 저격했다. 덕분에 여태 빌딩을 지킬 수 있었다.

"알았다. 저격 준비해."

윤중일이 명령하자 소대장은 경례를 하고 자리로 돌아갔다.

"좀비들이 반응을 보이지 않습니다. 인간이 아닌 게 확실합니다."

병사가 말했다. 윤중일도 동의했다. 구원자는 푸른색 죄수복을 입은 남자였다. 저 여자는 좀비의 관심을 받지 못한다는 점을 빼고는 구원자와 다 달랐다. 군복에 여자, 그리고…….

"잠깐!"

윤중일의 눈에 뭔가가 들어왔다. 여자는 오른손에 무언가를 들고 있었다. 아니, 묶고 있는 것 같았다. 커다란 박스였다.

"저거 보이나? 저 박스?"

"네. 보입니다."

"뭐로 보이나?"

윤중일이 물었다.

"박스…… 적십자 마크가…… 의약품입니다! 의약품이 든 박스입니다!"

병사가 외쳤다.

"저격수들 잠시 대기해!"

윤중일이 망원경을 내리고 명령했다. 그 사이 여자는 5미터 안으로 다가왔다. 이제 눈으로도 쉽게 확인할 수 있었다. 얼굴은 피범벅이었고 오른쪽 다리를 질질 끌고 있었다. 그리고…… 오른손에 의약품 박스를 꽁꽁 묶고 있었다.

"여자가…… 뭐라고 외치고 있습니다."

계속 망원경을 보고 있던 병사가 말했다. 윤중일은 다시 망원경을 눈에 댔다. 그러고는 여자 얼굴에 초점을 맞췄다. 여자가 입을 벙긋거리고 있었다. 한 단어, 한 단어 또렷하게 발음하면서.

나
는
아
직
인
간
입
니
다

Be the Reds!

전반전

"야! 정신들 똑바로 차려. 이쯤 되면 누구 하나 죽어 나가도 이상할 게 없으니까."

소대장은 상기된 얼굴로 소리쳤다. 원래 목청이 큰 양반인데도 악을 써야 할 만큼 주위가 소란스러웠다. 1시간, 아니 30분 정도만 지나도 확성기 없이는 의사소통이 안 될 것 같았다.

'어째 느낌이 싸한데.'

이재호는 광장에 넘실거리는 붉은 물결을 보며 그렇게 생각했다. 이제 막 해가 지고 있었고 경기 시작까지는 1시간 정도가 남은 상태였다. 그럼에도 붉은색 티셔츠를 입은 사람들은 정신없이 몰려들었다. 낮부터 붐볐지만 지금은 인파(人波)라는 단어가 딱 들어맞는 상황이었다. 몇 명이나 모일지 가늠이 안 됐다. 특별 설치한 대형 스크린 앞에는 각종 크기의 태극기가 펄럭이고 있었다.

"좌우지간 겁나게 많을 거니까, 각오 단단히 해!"

오늘 오전, 중대장은 광장으로 투입되기 직전인 중대원들을 모아놓고 그렇게 무책임한 소리나 해댔다. 그딴 소리는 이경 나부랭이도 할 수 있었다. 아무리 기동대 지원이고 후방에서 혼잡 경비를 맡는다지만 이런 상황을 처음 겪는 애들은 정신이 나갈 수도 있다. 이재호는 그게 걱정이었다.

"이재호 수경님. 아, 아무 일 없겠지 말입니다."

옆에 붙어 선 조승일이 물었다. 벌써부터 잔뜩 긴장한 표정과 목소리였다. 이재호가 걱정하는 게 바로 이런 후임들이었다. 조승일은 일경이지만 여전히 어리바리했다.

"걱정하지 마. 시위하러 나온 것도 아니고 다들 응원하는 건데 뭐, 별 일 없을 거야."

광화문 광장에서 대규모 시위가 벌어지면 기동대, 방범대 할 것 없이 모두 동원된다. 물론 방범대는 한 발 물러서 있기는 하지만 그 살벌한 기운을 느끼지 못하는 건 아니다. 대부분의 시위대는 자신들의 주적이 의경이라도 되는 것처럼 죽일 듯이 달려든다. 그럴 때의 분위기와 지금은 완전히 다르다. 이재호는 그

점에서 위안을 얻으려 했다. 하지만…… 사람이 많아도 너무 많았다.

"이기면 다행이지만 아깝게 지기라도 해봐. 다들 미쳐 날뛸 걸."

밉살스러운 면상으로 재수 없는 소리를 해대는 놈은 지난달에 상경을 단 김창규였다. 이재호는 한 마디를 하려다가 참았다. 다들 신경이 곤두서 있을 텐데 괜히 자극할 필요는 없었다. 갈구는 건 나중에 해도 된다. 모두 무사히 소대로 돌아갔을 때.

"자, 2소대 이동한다."

소대장의 지시가 떨어졌다. 2소대는 광화문역 1번 출구와 8번 출구 사이를 담당한다. 광장으로 바로 통하는 2번 출구가 아닌 게 그나마 다행이었다.

"사람 진짜 많네."

좀처럼 말을 많이 하지 않는 이기우도 결국 한 마디를 했다. 이기우는 김창규와 같은 기수인데도 훨씬 어른스러웠고 책임감도 강했다. 이재호가 가장 믿고 좋아하는 후임이기도 했다.

"질서 유지만 하면 돼. 괜찮아."

이재호가 말했다. 그건 자신에게 하는 말이기도 했다. 별다른 이상이 없는데도 찜찜함을 떨쳐버리기 힘들었다. 다음 주로 성큼 다가온 말년휴가 때문에 더 신경이 쓰이는 걸지도 모른다.

먼저 전역한 선임들 말이 문득문득 떠올랐다.

"말년에는 떨어지는 낙엽도 조심해야 해."

"작년에 전역 앞둔 수경 한 명이 시위 지원 나갔다가 죽창에 눈 찔려서 실명했잖아."

"진짜 쥐죽은 듯 있는 게 최고야. 절대 앞으로 나서면 안 돼."

지금은 쥐죽은 듯 있을 상황도 아니었고, 이런저런 핑계를 대고 버스에서 시간을 보낼 상황도 아니었다. 전 국민의 축제인 월드컵이지만 경찰, 특히 의경들에게는 매일이 비상이었다. 기동대고 방범대고 할 것 없이 언제나 5분 대기였다.

지하철역에서 또 한 무더기의 사람들이 올라왔다. 하나같이 'Be the Reds!'라고 적힌 붉은색 티셔츠를 입고 있었다. 얼굴에 태극기를 그려 넣은 사람도 많았다. 다들 들뜨고 행복한 표정이었다. 어두워지기 시작하며 건물마다 불이 들어왔고, 그 찬란한 도시의 불빛과 사람들의 표정은 썩 잘 어울렸다. 딱딱한 얼굴로 거리를 걷는 이는 의경들뿐인 것 같았다.

"이재호, 애들 관리 잘 하고 있어."

1번 출구에 도착하자 소대장은 그 말만 남기고 어딘가로 가 버렸다. 소대장은 소리만 버럭버럭 지를 줄 알았지 무능하기 짝이 없는 경찰관이었다. 소대의 실질적인 지휘는 이재호를 비롯한 선임들이 다 했다.

"정신 똑바로 차리라더니……."

김창규가 구시렁거렸다.

"우리는 1번 출구와 8번 출구 사이를 이동하며 혹시 모를 안전사고에 대비한다. 조금이라도 이상한 게 보이면 바로 보고해."

이재호가 후임들을 향해 말했다.

"네!"

이재호를 제외한 나머지 소대원 열아홉 명이 일제히 대답했다.

서울중부경찰서 방범순찰대 2소대원 전원은 2열 종대로 움직이기 시작했다. 이재호 수경과 조승일 일경이 선두였다. 스무 명은 거의 소리도 없이 이동했다. 통행을 방해하지 않는 선에서 최대한 천천히 걸었다. 혼잡 경비의 핵심은 통제가 아니었다. 안전사고 예방이 주된 임무였고 그러자면 가능한 존재감이 없어야 했다. 의경의 개입으로 일대가 더 혼잡하게 변한다면 그것만큼 최악은 없었다. 따라서 2소대에 내려진 명령은 단순했다.

시민의 통행을 보장하고 지켜볼 것.

"저희도 축구 볼 수 있으면 좋을 텐데 말입니다."

조승일이 중얼거렸다.

"쓸데없는 생각하지 말고 주위나 잘 살펴."

"네."

이재호의 무뚝뚝한 한 마디에 조승일이 바로 대답했다. 의경이 되기 전에는 축구를 좋아했다. 아니, 적어도 월드컵이 열리기 전만 해도 이재호가 제일 좋아하는 스포츠는 축구였다. 하지만 이제는 축구의 '축' 자만 들어도 지긋지긋했다. 기동대로 간 동기 중 한 명은 축구 자체는 물론이고 축구 선수며 축구를 좋아하는 사람들까지 다 싫어하게 됐다고 털어놓았다. 가장 싫어하는 인물은 물론 히딩크였다. 이재호는 그 말을 듣고도 웃을 수 없었다. 마찬가지 마음이었기 때문에.

"야!"

뒤쪽에서 날카로운 소리가 들렸다. 1번과 8번 출구 딱 중간 지점이었다. 2소대는 동시에 멈춰 섰다. 이재호가 고개를 돌려 뒤를 바라봤다.

"너 이 새끼들 뭔데 축제를 망쳐? 엉?"

50대로 보이는 남자가 옹기종기 모여 선 십여 명의 사람들을 향해 소리치고 있었다. 남자는 척 보기에도 술이 잔뜩 취한 상태였다.

"시위댑니다!"

김창규가 말했다. 이재호도 남자 앞에 서 있는 무리를 알아봤다. 이른바 '2002 한일 월드컵 반대 시위대'였다. 말이 시위대지 활동가 서너 명이 중심이었고 나머지는 광화문 인근의 노숙자들이었다. 지금도 마찬가지였다. 노숙자들은 뒤에 서서 고개도 제대로 들고 있지 않았다.

"누군가에게는 축제지만 누군가에게는 지옥입니다!"

활동가 한 명이 남자를 향해 소리쳤다.

"뭐? 뭔 개소리야?"

"축제라는 명목으로 사회적 약자의 터전을 뺏는 것은 이기적인 일입니다!"

시위대는 광화문은 물론 서울 시내 곳곳의 노숙자들이 월드컵 때문에 먹고 자는 터전을 잃었다고 주장했다. 이런 월드컵은 폭력 행사나 다름없다고 산발적으로 시위를 벌이는 게 저들이었다. 분명 지나올 때는 없었던 걸 보면 어디 숨어 있다가 튀어나온 게 틀림없었다.

"승일이 창규, 그리고 민수까지 나 따라와. 기우는 애들 관리하고."

"네."

이재호는 후임 셋을 데리고 십여 미터 떨어진 현장으로 갔다. 활동가 중 한 명이 이재호 일행을 발견하고는 움찔했다. 그걸 보고 술 취한 남자가 고개를 돌렸다.

"아이고, 경찰관님들. 이 사람들 좀 보세요. 오늘처럼 중요한 날에 월드컵 반대한다고 피켓 들고 지랄하는 게 맞는 겁니까? 네?"

"선생님, 저희가 이야기하겠습니다."

이재호는 삿대질까지 하며 목소리를 높이는 남자를 제지했다. 이런 상황에서 더 골치 아픈 쪽은 언제나 취객이었다. 아니나 다를까, 남자 목소리를 들은 사람들이 웅성거리며 모여들기 시작했다. 모두 붉은색 옷을 입고 있었다.

"아니, 이런 건 따끔하게……."

"네. 알겠습니다."

김창규가 특유의 딱딱한 표정으로 남자를 막는 사이 이재호는 시위대에게 다가갔다.

"집회 신고 하셨습니까?"

"이분들 좀 보세요. 잘 곳이 없어 방황하다가 안 좋은 일이라도 당하면 국가가 책임질 겁니까?"

"신고해야 집회 열 수 있다는 거, 아시지 않습니까? 게다가 이제 해도 졌습니다."

이재호는 인내심을 가지고 다시 물었다. 이들의 주장이 틀린 것이 아니라는 사실을 이재호는 잘 알고 있었다. 아무도 신경 쓰지 않는 사람들을 위해 목소리를 높이는 행동이 존경스럽기도 했다. 다만, 너무 눈치가 없어 답답할 따름이었다.

"여기 이분 좀 보세요. 원래 자던 곳이 있는데 거길 뺏기고 갈데가 없으니까 아무 데나 누웠던가 봐요. 그러다가 개인지 오소리인지 하여간 뭐한테 물렸다지 뭡니까. 다행히 상처가 깊지 않아서 망정이지."

활동가가 그렇게 말하며 노숙자 한 명을 앞세웠다. 한여름인데도 옷을 몇 겹이나 껴입은 노숙자는 한눈에 보기에도 상태가 안 좋았다. 얼굴은 땀범벅인데 몸은 오들오들 떨고 있었다. 걸음걸이도 영 시원치 않았고 무엇보다 눈에 초점이 없었다.

그 노숙자가 멍한 눈으로 이재호를 올려다봤다. 으르렁거리기라도 하려는 듯 입술을 씰룩거리며.

"저…… 이분은 병원부터 가셔야겠습니다."

이재호의 말에 활동가는 그제야 노숙자를 돌아봤다.

"어? 이분이 왜 이래? 방금 전까지 이러지 않았는데. 박 씨 아저씨, 괜찮아요?"

이재호는 박 씨라는 노숙자의 오른손에 물린 자국이 있는 걸 발견했다.

"하아. 이 수경님. 저 아저씨 말이 안 통하지 말입니다."

김창규가 어느새 다가와 한숨을 푹 쉬며 말했다. 이재호는 무능하고 뺀질거리는 후임을 노려봤다.

"야! 대충 잘 말해서……."

"대한민국!"

술 취한 남자가 갑자기 소리를 질렀다. 붉은색 티셔츠를 입고 태극기까지 든 사람들 사이에서 외치는 '대한민국'은 효과가 컸다.

"대한민국!"

'짝짝 짝짝짝!'

곳곳에서 화답하는 외침과 특유의 박수가 터져 나왔다. 졸지에 후끈 열기가 달아올랐다.

"이것 봐! 다들 애국자라니까. 으하하!"

술 취한 남자는 만족스러운 듯 웃음을 터트렸다.

"저분 데리고 다른 곳으로 이동해. 빨리!"

이재호가 김창규를 향해 그렇게 말했을 때였다.

"악!"

조승일이 날카로운 비명을 질렀다. 이재호는 재빨리 뒤를 돌아봤다. 조승일이 왼손으로 오른손을 감싸 쥔 채 얼굴을 찡그리고 있었다. 그 앞에는 입을 크게 벌린 노숙자 박 씨가 서 있었다. 방금 전까지 초점 없던 박 씨의 눈동자가 이상할 정도로 번들거렸다.

"무슨 일이야?"

이재호가 물었다.

"물렸습니다."

"뭐?"

"저, 저 사람이 제 손을 물었습니다."

조승일은 박 씨를 가리켰다.

"멍청한 새끼. 어디 정신을 팔다가 저런 노숙자한테 물리기나 하나?"

김창규가 조승일과 노숙자 사이에 끼어들었다. 그러고는 박 씨를 향해 진압봉을 꺼내 들었다.

"어이, 아저씨. 대한민국 의경을 물면 어떡해? 응!"

"야! 김창규. 너 뭐 하는 거야?"

이재호가 급히 말했다.

"아니…… 저 노숙자 새끼가 공권력 알기를 개 좆으로 아니까……."

"뭐요? 노숙자 새끼? 어디서 새끼래?"

이번에는 활동가들이 발끈하며 나섰다. 그들은 곧장 김창규에게 달려들 기세였다. 그나마 눈치가 좀 빠른 김민수 일경이 활동가들을 막아섰다.

"저기, 선생님들. 조금 진정을 하십시오. 이 인파 속에서 분란이라도 생기면 큰 사고 납니다."

이재호는 활동가들을 필사적으로 말렸다. 다행히 술 취한 남자는 자리를 뜬 상태였다. 김창규는 혼자 구시렁거리면서 저만치 물러서 있었다. 문제는 손을 물린 조승일이었다.

"민수야, 승일이 상태 좀 확인해 봐."

이재호는 김민수에게 지시한 뒤 다시 활동가들 쪽으로 고개를 돌렸다.

"그래서, 우리 시위를 이런 식으로 막겠다는 겁니까?"

활동가가 물었다. 이재호는 밀려드는 피로감과 짜증을 꾹꾹 눌러 삼키며 부드럽게 말을 이었다.

"막겠다는 게 아닙니다. 여러분, 그리고 노숙자 분들 안전을 위해서 오늘은 좀 자제를 해 주십사 부탁드리는 겁니다. 여러분의 뜻이야 저도 충분히 알고 또 이해합니다."

의경 생활을 하며 는 거라고는 인간에 대한 혐오와 처세술뿐이었다. 혐오스러운 인간들 틈에서 일을 해결하려면 속에 없는 말도 술술 뱉을 줄 알아야 했다.

"이렇게 많이 모일 때일수록 월드컵의 부당함을 알려야 할 거 아닙니까?"

활동가가 목소리를 높였다.

"압니다. 당연히 그렇죠. 하지만……."

"이재호 수경님."

김민수가 다급한 목소리로 이재호를 찾았다. 이재호는 무시하고 말을 이었다.

"자칫 부상자가 발생할 수도 있지 않습니까? 그건 선생님들

께서도 원하시는 게⋯⋯."

"이재호 수경님! 여기 좀 보셔야겠습니다."

이재호는 말을 멈추고 고개를 푹 숙였다.

'하아.'

저절로 한숨이 터져 나왔지만 입술을 꽉 깨물었다. 지금 자신
이 폭발하면 모든 게 꼬인다. 이곳은 화약고나 다름없었다. 작은
불씨 하나에도 다들 불타오를 준비가 되어 있다. 시위대와 자신
들이 가벼운 실랑이를 벌이는 와중에도 사람들은 계속 몰려들
고 있었다. 소음은 점점 심해졌다. 소대장 말처럼 이쯤 되면 누
구 하나 죽어 나가도 모를 상황이었다.

"죄송합니다."

이재호는 활동가에게 양해를 구한 후 뒤를 돌아봤다. 김민수
와 김창규가 조승일을 둘러싸고 있었다.

"왜? 무슨 일이야?"

이재호가 묻자 김창규가 슬그머니 돌아섰다. 일그러진 표정
이 심상치 않았다. 이재호는 얼른 조승일에게 다가갔다.

"상태가 이상합니다. 갑자기 몸을 막 떨고."

김민수가 뒤로 물러서며 말했다. 조승일은 등을 돌린 채 부들
부들 떨고 있었다. 막 시동을 건 오토바이 같았다.

"야! 조승일. 너 괜찮아?"

이재호는 조승일의 어깨를 잡고 돌려 세웠다. 그 순간 조승일이 사나운 표정을 하고 얼굴을 바짝 들이밀었다.

"엇!"

이재호는 움찔하며 한 발 뒤로 물러섰다. 조승일의 얼굴은 잔뜩 일그러진 상태였다. 새빨갛게 충혈된 눈이 뒤룩뒤룩 움직였고 반쯤 벌어진 입에서는 끈적끈적한 침이 흘러내렸다. 말려 올라간 입술이 파르르 떨렸다. 정상적인 모습이 아니었다.

"이 새끼가 아무리 아파도 어디서 선임한테."

김창규가 조승일을 향해 주먹을 들었다.

"잠깐!"

이재호가 외쳤지만 한 발 늦었다. 김창규는 조승일의 뒤통수를 쥐어박았다. 그때였다.

"크악!"

조승일이 괴물 같은 소리를 내며 김창규에게 달려들었다.

"어어!"

김창규는 조승일의 힘을 이기지 못하고 엉덩방아를 찧었다. 그런 김창규 위에 올라탄 조승일은 먹잇감을 노리는 맹수처럼 입을 크게 벌리고 알 수 없는 소리를 내질렀다. 그러고는 김창규의 목덜미에 이를 박아 넣었다. 순식간에 벌어진 일이었다.

"조승일!"

이재호의 외침은 활동가들이 내지른 비명에 묻히고 말았다.

"까악!"

"떼어내!"

이재호가 조승일에게 손을 뻗으며 외쳤다. 그제야 김민수도 움직였다. 두 사람은 조승일의 허리와 가슴을 잡고 당겼다.

'찌이익.'

무언가가 찢어지는 기분 나쁜 소리와 함께 김창규의 목에서 피가 뿜어져 나왔다. 눈이 희뜩 뒤집어진 김창규는 신음도 흘리지 못한 채 부들부들 떨 뿐이었다. 무심히 걷던 사람들이 끔찍한 광경을 보고 멈춰 섰다.

"꽉 잡고 있어."

이재호는 김민수에게 그렇게 지시한 뒤 김창규의 목에 난 상처를 손으로 막았다. 턱도 없었다. 손가락 사이로 시뻘건 피가 울컥울컥 쏟아져 나왔다. 그동안에도 조승일은 미친 듯이 날뛰었다. 덩치 큰 김민수가 간신히 붙잡고 있는 상황이었다.

"무슨 일입니까?"

다행히 이기우가 소대원을 데리고 달려왔다.

"사람들 못 보게 좀 가려."

이재호의 말이 떨어지자 소대원들이 김창규 주위에 둘러섰다.

"구급대에 연락하겠습니다."

이기우가 말했다.

"누가 나 대신에 지혈 좀 하고 있어. 난 소대장님께 연락할 테니까."

막내인 박정민 이경이 냉큼 다가와 자기 손수건으로 김창규의 상처를 막았다. 다행이 김창규는 숨이 붙어 있었다. 고통스러운 듯 온몸을 떨어대는 건 똑같았다. 이재호는 잠시 한숨을 돌린 뒤 피 묻은 손 그대로 자신에게만 지급된 핸드폰을 꺼내 들었다. 보고용으로 사용하는 핸드폰이었다. 소대장은 전화를 받지 않았다. 몇 번이나 걸었지만 마찬가지였다.

'젠장.'

이재호는 눈을 질끈 감았다. 빌어먹을 소대장은 어딘가에 틀어박혀 축구를 보는 모양이었다. 그러고 보니 경기 시작까지 채 30분도 남지 않았다. 상황을 빨리 수습하지 않는다면 일이 걷잡을 수 없이 커질 것만 같았다.

"구급차는 불렀어?"

이기우를 향해 물었다. 바로 그 순간 또 비명이 터졌다. 이번에는 박정민이었다.

"으악!"

놀란 얼굴의 박정민 옆에 방금까지 뭍에 내놓은 생선처럼 퍼덕거리던 김창규가 우뚝 서 있었다. 김창규는 원래도 송곳니가 뾰족한 편에 속했다. 그래서 이경 때 별명이 흡혈귀였다. 과연, 그 별명 그대로 성격도 더러워서 후임의 피를 쪽쪽 빨아먹는 놈이 김창규였다. 그리고 지금, 입술을 들썩거리며 으르렁대는 꼴은 그야말로 흡혈귀처럼 보였다. 그것도 피에 굶주린 미친 흡혈귀.

"조심해!"

이재호는 다급하게 외치며 박정민과 김창규 사이로 끼어들었다.

퍽!

이재호가 휘두른 진압봉이 김창규의 얼굴을 때린 건 그 뾰족한 송곳니가 박정민의 어깨에 박히기 직전이었다.

"어어!"

놀란 소대원들이 달려왔다. 김창규는 얼굴을 맞은 충격으로 바닥에 쓰러졌다. 시민들이 멀찌감치 물러섰다가 다시 모여들었다. 사진을 찍는 이도 있었다. 낭패였다.

"창규 못 움직이게 해."

소대원들이 한꺼번에 달려들어 쓰러진 김창규를 내리눌렀다. 이재호는 숨을 몰아쉬었다. 심장이 사정없이 뛰었다. 진압봉을 쥔 손이 저릿저릿했다. 사람을 때린 건 처음이었다. 그것도 진압봉으로, 그것도 같은 소대 후임을. 호흡이 거칠어졌다. 이재호가 주저앉지 않고 간신히 버틸 수 있었던 건 뒤에서 들리는 으르렁 거리는 소리 때문이었다.

"도, 도와주십시오."

김민수에게 붙잡혀 있던 조승일이 미친 듯이 날뛰고 있었다. 핏줄이 모두 터졌는지 안구는 아예 시뻘건 상태였다. 조승일은 그 눈으로 주위를 마구 둘러보며 이를 드러냈다.

"혼자선 힘듭니다."

김민수가 말했다. 진땀을 흘리고 있었다. 그때였다. 이기우가 어디서 구했는지 빈 쓰레기통을 들고 와 조승일의 머리에 씌워 버렸다. 졸지에 앞을 못 보게 된 조승일은 비틀거리다가 넘어졌다. 그걸 보고 있던 이재호가 김민수를 향해 신호를 보냈다. 김민수는 넘어진 조승일의 등에 올라타서는 그대로 눌렀다.

"묶어."

이재호는 허리춤에 차고 있던 포승줄을 건넸다. 설마 전역 전에 이걸 쓰게 될 줄을 몰랐다.

"119에 신고를 했는데 광장 쪽이 모두 막혀 있어서 늦을 것 같답니다."

이기우가 말했다. 침착한 표정을 잃지 않고 있었다. 한 명이라도 정신을 차리고 있다니 그나마 다행이었다.

"젠장, 기우야. 도대체 이게 무슨 일인지 모르겠다."

이재호는 숨을 몰아쉬며 말했다. 불과 십여 분 사이에 벌어진 일이 너무나 비현실적이라 받아들이기가 힘들었다.

"어떻게 된 겁니까? 애들이 갑자기 저러지는 않았을 것 같은데 말입니다."

"물렸어. 차례대로 물렸는데……."

순간 어떤 생각이 이재호의 머릿속을 스치고 지나갔다. 이재호는 그때까지 어쩔 줄 몰라 하며 서 있던 시위대를 향해 다가 갔다. 활동가들은 겁먹은 표정으로 물러섰다.

"아까 그분 어디 갔습니까?"

"네?"

"조승일 일경 물었던 그 사람 어디 갔습니까?"

이재호의 목소리가 높아졌다. 그제야 활동가들은 주위를 둘러봤다.

"박 씨 아저씨 어디 갔지? 박 씨 아저씨 못 봤어요?"

개인지 오소리인지 모르는 짐승한테 물렸다던 그 남자, 박 씨는 보이지 않았다. 혼란한 틈을 타서 어딘가로 사라진 게 틀림없었다.

"기우야, 승일이를 문 노숙자를 찾아야 해. 안 그러면 큰일 나!"

"그게 무슨 말입니까?"

"승일이랑 창규 모두 물리고 저 꼴이 됐어. 그 시작이 노숙자 박 씨였고. 그 사람이 근처를 돌아다니면서 시민들을 문다고 생각해 봐."

이기우의 얼굴에 그제야 표정이 떠올랐다.

"그러면 어떻게 해야……."

"소대장님은 연락을 안 받아. 내가 중대장님께 직접 보고를 할 테니까 일단 박 씨부터 찾아보자."

이재호의 말이 떨어지기 무섭게 광장에서 큰 함성이 터져 나왔다. 경기가 시작된 모양이었다.

0:1

"야! 이재호 너 미쳤어? 말년이면 다야? 어디서 수경 나부랭이가 혼자 결정을 내리고 보고를 해?"

중대장은 선조치 후보고를 할 줄 알아야 유능한 대원이 될 수 있다고 말했다. 정신교육 시간에도 틈만 나면 그 이야기를 했다. 우수 사례 같은 걸 보여주면서. 그랬는데…… 막상 상황이 닥치니 욕부터 쏟아냈다.

"여기 상황이 워낙 심각해서 어쩔 수 없었습니다."

"그렇다고 작전 지역을 이탈해? 너 명령 불복종이야!"

"그쪽에는 인원을 남겨두었습니다. 노숙자 박 씨는 저를 포함해 일부 대원만 쫓고 있습니다."

"이 새끼가! 보자보자 하니까 네가 진짜 경찰인 줄 알아? 쓸데없이 일 만들지 말고 빨리 복귀해. 뭐? 물리면 괴물처럼 변한다고? 황당해서 정말. 내가 지금 거기로 갈 테니까 넌 죽을 각오 해."

"알겠습니다."

"소대장 개새끼는 어디 있어? 빨리 튀어오라고 해!"

소대장 개새끼가 어디 있는지는 이재호도 궁금했다.

"소대장도 찾아보겠습니다."

"하여간 너 무슨 문제 생기면…… 슛! 어휴. 안정환 저거…….."

무전은 거기서 끝났다. 아무래도 안정환이 큰 실수를 한 모양이었다. 사람들 사이에서도 아쉬워하는 소리가 터져 나왔다.

"하아."

한숨을 내쉬며 무전기를 집어넣는 이재호를 보며 이기우가 물었다.

"돌아가야 합니까?"

"돌아가야지. 내가 오버했다. 그냥 다친 애들 병원에나 보내고 거기 있었어야 했는데."

뒤늦게 후회가 밀려왔다. 잔뜩 달아올랐던 흥분을 현실이라는 채로 걸러내자 태반은 바람에 날아가 버렸다. 후임들의 공격적인 행동이 분명 이상하기는 하지만 그게 박 씨 때문이라는 건 어디까지나 추측에 불과했다. 영화도 아니고 사람한테 물려서 괴물이 된다니, 자기가 생각해도 황당하긴 했다. 물렸다는 사실에 충격을 받아 이상 행동을 했을 수도 있는 일 아닌가.

'젠장, 그냥 가만히 있을 걸.'

이재호는 다시 한숨을 쉬었다. 중대장은 물론 소대장도 지랄할 게 분명했다. 재수 없으면 말년 휴가도 잘릴지 모른다. 아니, 그 정도면 오히려 다행이다. 더 재수가 없으면 영창에 갈 수도 있다. 무전기 속 중대장 목소리로는 충분히 가능한 일이었다.

"이 수경님 말처럼 위험할 수도 있지 않습니까? 실제로 물린 애들 상태가 심상치 않고 말입니다."

이기우의 말도 맞았다. 맞았지만, 이재호로서는 더 할 수 있는 게 없었다.

"현장으로 돌아들 가자."

이재호는 뒤에 서 있던 소대원들에게 말했다. 현장에 부상자 둘을 포함해 열 명을 남겨놓고 나머지를 모두 끌고 온 참이었다. 소대원들은 몇 명을 빼고는 아직 상황 파악이 안 된 듯 어리둥절한 표정이었다. 겁에 질려 있는 것도 같았다. 하긴, 그런 꼴을 봤으니……. 이재호 역시 진정이 안 되긴 마찬가지였다.

"알겠습니다. 어쩔 수 없지 말입니다."

이기우는 고개를 끄덕인 뒤 횡단보도를 향해 앞서 걸었다. 어

디에나 사람이 가득했다. 광화문 광장과 그 일대는 인파가 점령
해 버렸다. 그것도 모두 붉은색 옷을 입은 사람들이었다. 붉은
물결은 경기 분위기에 따라 거의 초 단위로 흐름이 바뀌었다.
굳이 경기를 보지 않고도 기회를 놓쳤는지, 위기를 겨우 넘겼는
지 하는 것들을 알 수 있을 정도였다.

'둥둥 둥 둥둥!'

누군가가 북을 두드려댔다. 자동적으로 응원 구호가 따라 나
왔다.

'대한민국!'

'대한민국!'

수십만 명이 한꺼번에 내지르는 소리는 웅장한 한편으로 어
딘가 무서운 구석이 있었다. 저렇게 한데 뭉친 소리가 비난과
야유, 아니 분노의 함성으로 바뀐다면……. 생각만 해도 아찔했
다. 이재호는 경기장 질서를 담당했던 기동대 동기의 말을 떠올
렸다.

"말도 마. 경기장에 제일 가까이 있는 건 의경이거든. 근데 우
린 등을 돌리고 서 있잖아. 우리는 관중들 소리와 표정으로 상
황을 판단할 수밖에 없어. 그게 얼마나 좆같이 무서운 일인지
아냐? 괴물처럼 흥분한 수만 명을 앞에 두고 서 있는 거, 그거
진짜 장난 아니다."

"잠시 지나가겠습니다."

앞장 선 이기우가 양해를 구해도 경기와 응원에 정신이 팔린 사람들은 들은 척도 하지 않았다. 이재호는 뒤를 돌아보는 이기우를 향해 그냥 밀고가라는 신호를 보냈다. 밀치고 지나가도 신경조차 안 쓸 것이다. 이런 상황에서는 옆에서 누가 물린다 한들, 그래서 피를 흘리며 이상하게 변해간다 한들 아무도 관심을 기울이지 않으리라. 사람들의 모든 관심은 축구에만 쏠려 있었다.

"젠장."

이재호가 다시 중얼거린 바로 그때 심상치 않은 소리가 들렸다.

"꺄아!"

함성에 가려졌지만 그건 분명 비명이었다. 그것도 아주 가까운 곳에서 들리는 소리였다. 이재호는 멈춰 서서 주위를 두리번거렸다. 현재 위치는 교보생명 빌딩 맞은편이었다. 어딜 봐도 사람이고, 어딜 봐도 붉은색이었다. 누가 비명을 질렀는지 알 길이 없었다.

그때였다.

"수경님, 저깁니다!"

한동식 일경이 세종문화회관 입구 쪽을 가리켰다. 입구 계단에도 사람들이 가득했다. 이재호는 주저앉아 있는 여자 한 명을 발견했다. 친구로 보이는 또 다른 여자가 옆에 서서 상태를 살피고 있었다. 모두 스크린을 향해 돌아선 상태라 오히려 여자 둘의 모습이 두드러졌다.

"조용히 다가간다."

이재호는 지시를 내리고 먼저 움직였다. 십여 미터 정도의 거리였지만 인파를 헤치고 지나가려니 한세월이 걸렸다. 초조했다.

"괜찮으십니까?"

마침내 여자들 앞에 도착한 이재호가 그렇게 묻자 두 사람은 놀란 듯 눈을 동그랗게 떴다.

"비명을 듣고 출동했습니다."

이재호는 주저앉은 여자의 상태를 살피며 말했다. 페이스페인팅을 한 얼굴이 허옇게 질려 있었다.

"맞아요! 어떤 변태 새끼가 제 친구를 물고 도망쳤어요. 좀 잡아주세요."

서 있던 여자가 소리쳤다. 벌겋게 달아오른 얼굴이었다. 그 순간 해일이 밀려오듯 깊은 탄식이 광장을 훑고 지나갔다.

'우우우.'

"한 골 먹었나 보다."

물린 여자가 무심한 말투로 중얼거렸다. 여자는 왼손으로 오른손 팔뚝을 만지고 있었다. 아무래도 거길 물린 것 같았다.

"물고 도망친 남자가 혹시 노숙자처럼 보였습니까? 옷을 잔뜩 껴입고……."

"맞아요! 노숙자 맞아요. 지독한 냄새가 풍겨서 친구랑 같이 돌아봤는데 갑자기 달려들어서는 친구 팔을 문 거예요!"

"그 사람은 어디로 갔습니까?"

"우리가 막 소리를 지르니까 저기로 도망갔어요."

여자는 교보생명 빌딩 쪽을 가리켰다.

"그 사람 상태가 어때 보였습니까?"

"상태요? 술에 완전 취한 것 같던데요. 맞지?"

여자는 친구를 보며 물었다. 이재호도 물린 여자를 향해 시선을 돌렸다. 여자는 고개를 푹 숙인 채 조금씩 몸을 떨고 있었다.

"친구분은 저희가 돕겠습니다. 아무래도 응급실에 가셔야 할 것 같습니다."

"네? 물린 것 가지고 응급실이라니 그게 무슨……."

"혹시 모르니까요."

이재호는 짧게 대답한 후 후임들에게 지시를 내렸다.

"찬우랑 승수 두 분 모시고 다른 대원들 대기하는 곳으로 가. 구급대가 거기로 올 거니까 병원으로 이송할 수 있도록 잘 이야기해. 그리고…… 조심해."

김찬우는 일경이지만 일머리가 좋고 눈치도 빨랐다. 굳이 설명을 안 해도 상황이 어떻게 돌아가는지 알 만한 녀석이었다.

"알겠습니다. 조심하겠습니다."

둘은 곧바로 움직였다. 김찬우와 조승수가 물린 여자를 부축한 채 움직이자 친구도 허둥지둥 따라나섰다.

네 사람이 멀어지는 걸 확인한 뒤 이재호는 이기우를 돌아봤다. 이기우는 교보생명 빌딩 쪽을 바라보고 있었다. 빌딩 창문마다 불빛이 가득했다. 대부분 축구를 보고 있다는 데 남은 휴가를 모두 걸 수도 있을 거라고 이재호는 생각했다.

"어떻게 하실 계획입니까?"

이기우가 물었다.

"너라면 어떻게 하겠냐?"

"그 사람, 얼마 못 갔을 겁니다."

"그렇지. 박 씨는 가깝고 중대장은 멀리 있지. 게다가 더 위험한 쪽은 박 씨고."

"저…… 며칠 전에 경찰관님 두 분이 하는 이야기를 들었습니다. 경기도 어디서 개들이 사람을 공격하는 사건이 몇 건이나 발생했는데 물린 사람은 변종 광견병에 걸려서 다른 사람을 공격한다고. 그런데 월드컵이다 보니까 쉬쉬하고 덮고 있는 거라고."

한동식이 조심스러운 말투로 끼어들었다.

"좋아."

이재호는 거기까지 말한 후 잠시 입을 닫았다. 그 짧은 순간 수십 가지 경우의 수가 머릿속을 스쳐 지나갔다. 그 사이 광장이 또 한 번 크게 술렁였다. 결정적인 순간을 놓쳤거나 아니면 위기를 넘긴 모양이었다. 이재호는 새삼 광장을 둘러봤다. 사람들이 눈에 들어왔다. 셀 수 없이 많은 사람들이.

'이 사람들이 서로 물고 물리기라도 한다면……'

그 생각이 이재호의 망설임을 멈추게 했다.

"우린 원래 작전대로 노숙자 박 씨를 찾는다. 책임은 내가 질 테니까 걱정하지 마."

"네."

이재호는 소대원들의 대답을 들으며 주먹을 꽉 쥐었다. 박 씨를 찾느냐 못 찾느냐에 많은 게 걸려 있었다.

후반전

"축제잖아. 축제니까 고생도 좀 하고, 그 뭐냐 희생도 좀 하고 그러는 거지. 우리가 그렇게 고생해서 전 국민, 아니 전 세계 사람들이 축제를 즐긴다고 생각해 봐. 뿌듯하잖아!"

중대장은 월드컵 행사로 지원을 나가기 전에는 항상 비슷한 말을 했다. 고생하는 '우리'에서 자신은 빠져있다는 사실은 굳이 말하지 않았다. 방범대고 기동대고 할 것 없이 의경들은 축제의 소모품이었다. 헬륨 풍선이나 리본 같은 것들. 아니, 그것들보다도 못했다. 풍선이나 리본은 적어도 환영은 받으니까.

"혹시 노숙자 한 명 지나가지 않았습니까?"

"뭐요? 안 보이니까 빨리 좀 비켜요."

이재호의 물음에 대부분은 제대로 대답조차 하지 않았다. 경기에 지고 있어 더 날카롭게 반응하는 것 같았다.

"뭔가 잘못된 것 같습니다."

한동식이 말했다. 이재호는 고개를 끄덕였다. 이상했다. 한여름에 옷을 껴입은 것부터 눈길을 끄는 데다가 끔찍한 악취까지 풍기는 노숙자를 아무도 못 봤다는 건 말이 안 되는 일이었다. 아무리 경기에 열중한다고 해도 한두 명은 봤다고 말할 법한데…….

"이재호 수경님, 이쪽입니다."

이기우가 이재호 일행을 불렀다. 2소대의 남은 인원들은 두 개 조로 나뉘어 움직였다. 이기우는 후임들과 함께 광화문역 2번 출구 일대를 수색 중이었다.

"찾았어?"

이재호가 이기우를 향해 다가가며 물었다.

"목격자가 있습니다. 노숙자가 지하철역 안으로 들어가는 걸 봤답니다."

"2번 출구?"

"네."

이재호는 광화문역 2번 출구를 바라봤다. 이제는 나오는 사람도 들어가는 사람도 뜸했다. 적어도 경기가 진행되는 중에는 지하철역 안이 덜 붐빌 것이다.

"들어가자."

광화문역의 출구는 8개다. 출구 수는 적어도 지하 공간 자체가 워낙 넓어 자칫하면 박 씨를 놓칠 수도 있었다. 서둘러야 했다.

이재호와 한동식을 선두로 2소대는 광화문역 안으로 진입했다. 이재호의 예상대로 지하는 텅 비다시피 했다. 간간이 붉은색 티셔츠를 입은 사람들이 지나다니긴 했지만 평소의 광화문역과는 분명 달랐다.

"여기서 어떻게 찾으면 좋겠습니까?"

이기우가 물었다.

"두 명씩 네 개 조로 나눈다. 나랑 동식이는 2번 출구와 3번 출구를……."

이재호가 막 지시를 내리고 있을 때 앳돼 보이는 얼굴의 여자가 무언가에 쫓기듯 서둘러 달려왔다.

"도와주세요!"

여자는 하얗게 질린 얼굴로 외쳤다.

"무슨 일입니까?"

이재호가 묻자 여자는 숨을 헐떡이며 3번 출구 방향을 가리켰다.

"교보문고 앞에서요, 싸움이 났는데 좀 말려주세요. 친구들하고 응원하러 가는 길이었는데 어떤 아저씨가 막 달려들었어요.

근데 그 아저씨가 좀 이상하고 무서워서……."

"알겠습니다."

이재호는 짧게 대답했다. 감이 왔다. 노숙자 박 씨가 틀림없
었다.

"절대 저희가 먼저 시비 건 게 아니에요."

여자는 금방이라도 울 것 같은 표정이었다.

"네, 압니다. 지금 서둘러 가보겠습니다. 천천히 따라오십시오."

이재호는 소대원들에게 눈짓을 보낸 후 달리기 시작했다. 지
금 박 씨를 잡을 수만 있다면 의외로 쉽게 해결될지도 모른다. 그
때였다. 주머니에 넣어둔 핸드폰이 울렸다. 멈춰 서서 핸드폰을
확인했다. 소대장이었다. 잠시 망설이던 이재호는 전화를 받았다.

"미친 새끼, 너 어디야?"

예상했던 대로 욕이 먼저 날아왔다. 중대장과 똑같았다. 이재
호는 이기우에게 먼저 가라고 신호를 보낸 뒤 입을 열었다.

"소대장님. 그게 아니고 말입니다."

"그게 아니긴 뭐가 아니야, 이 새끼야! 내가 중대장한테 욕을
처먹어야 속이 시원해? 믿고 맡겨 놨더니 뭔 미친 소리를 해서
중대장 뚜껑 열리게 만든 거야?"

"노숙자 한 명이 사람들을 공격하고 다닙니다. 승일이도 당했
습니다. 이대로 두면 시민들이 위험합니다."

"시민들 같은 소리 하고 있네. 네가 경찰이야? 넌 그냥 의경 나부랭이라고, 의경! 이 새끼는 견장 차고 있으니까 똥오줌을 못 가리네. 이제 하프타임이니까 나 현장으로 간다. 거기서……."

"꺄악!"

비명이 들렸다. 여자가 내지르는 비명이었다. 이재호는 핸드폰에 대고 다급히 말했다.

"저희 지금 광화문역 안에 있습니다. 교보문고 쪽으로 지원 좀 보내주십시오."

"뭐? 뭐, 이 새끼야?"

전화를 끊은 이재호는 핸드폰을 주머니에 넣고 곧장 달렸다. 3번 출구를 지나 교보문고가 있는 4번 출구 근처에 다다랐을 때 사건 현장과 마주했다. 먼저 시선을 끈 건 바닥에 홍건한 피였다. 검붉은 피 웅덩이 속에서 네 사람이 뒹굴고 있었다. 셋은 남자고 하나는 여자였다. 남자 둘과 여자 하나가 또 다른 남자를 마구 공격하는 중이었다. 목과 배, 그리고 팔을 각각 나눠 문 셋은 살점을 찢어발기기 바빴다. 공격하는 이들이나 공격당하는 이나 모두 새빨간 눈을 하고 있었다. 게걸스레 씹어 삼키는 소리와 으르렁거리는 소리가 지하도에 울려 퍼졌다.

"꺄악!"

도움을 구해왔던 여자가 다시 비명을 질렀다.

"뭣들 하고 있어? 빨리 말려!"

이재호가 소리치자 멍하니 서 있던 소대원들이 그제야 움직였다.

"물러나 주십시오. 위험합니다. 물러나 주십시오."

이기우가 구경 중이던 사람들을 멀찌감치 떼어놓았다. 교보문고 안에서 내다보고 있던 사람들은 이재호와 눈이 마주치자 슬그머니 뒤로 물러섰다. 이재호는 노숙자 박 씨를 찾았다. 없었다. 그가 어디로 갔는지 말해 줄 사람도 없었다.

"크아!"

소대원들이 다가가자 공격 중이던 셋이 소리를 내질렀다. 그러고는 동시에 벌떡 일어났다. 그 기세에 소대원들 모두가 움찔했다. 온몸에 피를 뒤집어 쓴 셋은 입을 크게 벌리고 계속 위협적인 소리를 냈다. 피로 물든 이가 번들거렸다. 도저히 사람이라고는 볼 수 없었다.

"진압봉 들어!"

이재호가 외쳤다. 훈련은 받았지만 실제로 진압봉을 사용하는 건 다들 처음이었다. 모두 엉거주춤한 자세로 진압봉을 들었다. 이재호도 진압봉을 들고 다가갔다. 그 순간 걸레짝이 된 채 피를 흘리고 있던 바로 그 남자가 몸을 부르르 떨더니 기괴한 자세로 일어났다. 보이지 않는 줄이 잡아당기기라도 한 것처럼 아무런 예비 동작도 없이 일어난 남자는 다른 셋과 마찬가지로 크게 포효했다.

"크아!"

살점이 떨어져 나간 목에서는 여전히 피가 쏟아져 나왔지만 남자의 기세는 셋과 다름없었다. 눈앞에 보이는 모든 걸 물어뜯으려는 것 같았다.

"겁먹지 마!"

이재호는 소대원들을 향해 소리쳤다.

"넷이니까 둘이서 한 명씩 상대하면 될 것 같습니다."

이기우의 말에 이재호는 고개를 끄덕였다. 그러고는 지상으로 이어지는 3번 출구 계단을 힐끔 바라봤다. 대한민국을 부르짖는 응원 소리와 필승 코리아를 외치는 노랫소리가 연달아 들렸다.

"어떻게 해서라도 지상에 올라가는 건 막아야 해. 알겠지?"

"네!"

소대원들의 비장한 대답을 들으며 이재호는 한 발 앞으로 나갔다. 진압봉을 쥔 손에 힘이 들어갔다. 인간인지 괴물인지 모를 넷은 그르렁거리는 소리를 내며 눈알을 번득였다. 그걸 보고 이재호는 직감했다.

'달려들 거야!'

바로 그 순간 뒤쪽에서 찢어지는 듯한 비명이 연달아 들렸다.

이재호는 재빨리 고개를 돌렸다.

"아!"

소대원 중 누군가가 탄식에 가까운 소리를 냈다.

얼굴 전체에 태극기를 그려 넣은 여자가 비틀거리며 교보문고를 빠져나오고 있었다. 여자는, 코가 없었다. 그저 뻥 뚫린 구멍 두 개만 남아있을 뿐이었다. 게다가 쭉 찢어진 뺨은 그야말로 바람 앞의 태극기처럼 나부끼고 있었다.

그 여자의 뒤쪽 교보문고 안은 아비규환이었다. 비명을 지르며 도망치는 사람들과 그 뒤를 쫓는 또 다른 사람들 모습이 유리문을 통해 훤히 들여다보였다. 문 밖으로 나오려는 젊은 남자를 뺨이 찢어진 여자가 공격했다. 남자는 신음도 제대로 흘리지 못한 채 목에서 피를 뿜으며 쓰러졌다.

"크아!"

소대원 모두의 시선이 뒤쪽으로 향한 사이 눈앞의 괴물 넷이 갑자기 달려들었다.

"조심해!"

이재호는 그렇게 외치며 온힘을 다해 진압봉을 휘둘렀다. 맨 앞에서 달려오던 남자가 진압봉을 맞고 나가떨어졌다. 광대뼈가 주저앉은 남자는 고통 따위는 못 느낀다는 듯 다시 일어났다. 그 순간 소대에서 제일 힘이 센 박광덕 일경이 진압봉으로 남자의 머리를 내리쳤다.

'빠직.'

단단한 무언가가 쪼개지는 기분 나쁜 소리와 함께 남자가 풀썩 쓰러졌다. 박광덕은 당황한 눈빛으로 쓰러진 남자와 이재호를 번갈아 봤다.

"잘했어! 모두 저것들의 머리를 노려!"

이재호는 확실히 깨달았다. 크게 벌린 입을 딱딱 부딪치며 달려드는 저들은 더 이상 인간이 아니었다. 괴물이었다. 조금이라도 방심했다가는 단번에 내 목덜미에 이빨을 박아 넣을 짐승이었다. 죽일 기세로 맞서지 않으면 이길 수가 없었다.

"수경님!"

한동식이 달려드는 여자를 진압봉으로 밀어 놓고는 이재호를 불렀다.

"이얏!"

이재호는 기합과 함께 아래에서 위로 힘껏 진압봉을 휘둘렀다. 그야말로 풀 스윙이었다. 진압봉은 여자의 얼굴과 머리를 부쉈다. 검붉은 피와 싯누런 뇌수가 한꺼번에 튀어 비처럼 쏟아졌다. 남은 둘도 소대원 전체가 달려들어 비교적 쉽게 제압했다. 그 사이 교보문고 안의 상황은 훨씬 더 심각하게 돌아가는 듯했다. 비명보다 괴물들이 내지르는 포효가 훨씬 더 크게 들렸다.

문 앞에서 남자를 뜯어먹고 있던 너덜너덜한 뺨의 여자가 뒤를 돌아봤다. 그 여자에 막혀 밖으로 나오지 못하던 사람들이 이재호 일행을 발견하고는 소리를 질렀다.

"살려주세요! 살려주세요!"

"다른 출구는 다 막혔어요! 여기밖에 없어요."

"크아!"

여자는 사람들이 문을 두드려대자 위협적인 소리를 내며 그쪽으로 고개를 돌렸다. 이기우가 그 순간을 놓치지 않았다.

'푸욱.'

이기우는 여자의 찢어진 뺨 안으로 진압봉을 찔러 넣었다. 낚싯바늘에 꿰인 물고기처럼 버둥거리던 여자는 한동식이 날린 최후의 한방에 머리가 터지며 그대로 고꾸라졌다. 이재호는 여자에게 물어 뜯겼던 남자를 처리하는 것도 잊지 않았다. 입구를 막고 있던 괴물들이 사라지자 사람들이 쏟아져 나왔다.

"물린 분 없습니까? 물린 분 없습니까?"

이재호가 목이 터져라 소리쳤지만 사람들은 대답은커녕 뒤도 돌아보지 않고 지상으로 도망쳤다.

"안에 아직 못 피한 사람들 많아요!"

중년 남자 한 명이 그렇게 외쳤을 뿐이었다.

"지, 진입합니까?"

한동식이 말까지 더듬으며 물었다. 살아남은 사람들이 빠져나간 교보문구 입구 쪽은 순간적으로 평화를 되찾은 듯 보였다. 그 정도로 조용했다. 비명도, 포효도 들리지 않았다. 움직임도 없었다. 이재호는 그 고요함이 오히려 더 불길했다. 저 멀리 지상에서 누군가가 큰 소리로 외쳤다.

"대한민국!"

북소리와 함성이 뒤를 이었다. 고작 서른 개일 뿐인데 계단 위 지상은 그야말로 딴 세상이었다.

"지원을 기다리는 게 낫지 않겠습니까?"

이기우가 물었다. 강철처럼 단단하고 흔들림 없던 이기우의 얼굴에도 지친 표정이 떠올랐다. 다른 소대원들도 마찬가지였다. 이경 둘은 충격과 공포에 거의 얼이 빠진 것 같았다. 그리고 그들 모두 옷은 물론이고 얼굴에까지 피가 잔뜩 튀어 있었다. 이재호는 자신도 마찬가지일 것으로 생각했다.

"그래. 기다리자. 이 정도 소동이 벌어졌으니 다들 몰려오겠지. 우린 괴물들이 문밖으로 나오지만 못하게 막자."

"이재호 수경님, 저것 좀 보시지 말입니다."

맨 앞에 서 있던 박광덕이 교보문고 안쪽을 가리키며 말했다. 덩치에 어울리지 않는 높고 새된 목소리였다. 이재호는 박광덕 옆으로 다가갔다. 그러고는 자기도 모르게 중얼거렸다.

"젠장."

책 진열대를 가로질러 안쪽으로 달려가는 누군가가 보였다. 여자였고, 아이를 안고 있었다.

"어, 어떻게 해야 합니까?"

박광덕이 나사 빠진 표정으로 이재호를 바라봤다.

"어떻게 하긴."

이재호는 거기까지 말한 후 뒤를 돌아봤다. 핏기 가신 허연 얼굴에 점점이 피가 튄 이경 둘이 눈에 들어왔다. 막내인 최영수는 툭 건드리면 바로 울 것 같았다.

"영수와 찬일이는 여길 지키고 나머지는 들어간다. 너희 둘, 조금이라도 이상한 사람은 절대 못 지나가게 해야 해. 알겠어?"

"네!"

이경 두 명은 기합이 잔뜩 들어간 채 대답했다.

"여섯 명으로 되겠습니까?"

이기우가 속삭이듯 물었다.

"못 본 척할 순 없잖아. 저 두 사람만 빨리 데리고 나오는 거야. 그리고…… 이미 경험했지만 저것들 모두 인간이라 생각하지 말고 죽기 살기로 머리만 노려."

"알겠습니다."

이기우의 대답을 들으며 이재호는 교보문고 안으로 들어갔다.

126

1:1

"태극 전사들, 포기하기엔 이릅니다. 히딩크 감독도 수비수를 빼고 공격수를 투입하는 승부수를 띄웠지 않습니까? 아직 기회가 있습니다!"

누가 라디오라도 틀어놓은 건지 교보문고 안에는 중계 소리가 울려 퍼지고 있었다. 이재호는 안으로 들어서자마자 주위를 살폈다. 바닥에 피가 낭자했다. 그 핏물 위에 수십 권의 책들이 떨어져 젖어가고 있었다. 사람은 보이지 않았다. 적어도 멀쩡한 사람은.

괴물로 변한 사람들은 베스트셀러 진열대 쪽에 모여 있었다. 그들은 끄윽, 끄윽 이상한 소리를 내지르며 마치 조류처럼 고개를 돌려대기만 할 뿐 크게 움직이지 않았다. 무언가를 찾고 있는 것처럼도 보였다.

"아! 이천수 선수 좋은 시도였습니다."

"네. 저렇게 적극적으로 공격해야 합니다."

중계진의 목소리가 커졌다. 괴물들이 움찔하더니 다시 으르렁거리기 시작했다. 덕분에 놈들은 아직 이재호 일행을 발견하지 못한 것 같았다.

"지금이야. 여자와 아이를 찾아야 해."

이재호는 그렇게 말한 뒤 소리를 죽여 여자가 도망쳤던 쪽으로 이동했다. 그곳은 아동서 서가였다.

"너무 늦진 않았어야 할 텐데 말입니다."

이기우가 말했다.

"어디 잘 숨어 있을 거야. 안 그랬다면 지금쯤 공격하는 소리가 들렸겠지."

진열대에 놓인 알록달록한 그림책에도 피가 잔뜩 튀어 있었다. 누군가에게서 빠져나온 기다란 내장이 뱀처럼 똬리를 튼 채 이재호를 노려봤다. 속에서 무언가가 비집고 올라오는 걸 간신히 삼켰다.

"소리가 들립니다."

박광덕이 속삭였다.

"나도 들었어."

이재호는 가만히 서서 귀를 기울였다. 분명 아이가 우는 소리였다. 희미하게 들리는 그 소리를 따라 이재호가 움직이자 소대원들도 뒤를 따랐다. 엄마가 아이의 입을 틀어막고 있는 모습이 어렵지 않게 그려졌다.

'어디에 있을까?'

무턱대고 불러볼 수는 없었다. 그랬다가는 괴물들이 득달같이 달려들 것이다. 이재호는 온 신경을 귀에 집중한 채 주위를 둘러봤다. 경기도 막판을 향해 달려가는지 라디오를 통해 들리는 중계진의 목소리가 점점 커졌다.

"시간이 얼마 남지 않았습니다."

"네, 이제 마지막 공격이라고 봐야겠죠."

누군가가 이재호의 팔을 건드렸다. 고개를 돌리니 한동식이 아동서 서가 사이를 가리키고 있었다.

"아!"

이재호도 발견했다. 서가 뒤편으로 작은 발 한 쌍이 슬쩍 나와 있었다. 빨간색 구두가 눈에 확 띄었다.

'됐다.'

이재호는 가슴을 쓸어내렸다. 이대로 조용히 데리고 나간다면 무사히 탈출할 수 있을 것 같았다. 이재호는 손가락으로 자신과 박광덕을 가리켰다. 둘이서 갈 테니 나머지는 망을 보라는 뜻이었다. 모두 한 번에 알아듣고 고개를 끄덕였다.

그때였다.

"설기현 선수, 슛!"

캐스터의 흥분한 목소리가 길게 이어진다 싶더니 곧 엄청난 함성이 터져 나왔다.

"와아!"

그 사이로 캐스터와 해설자의 목소리가 들렸다.

"골!"

"골, 골, 골입니다!"

교보문고 전체가 들썩거렸다. 광장에서 울려 퍼진 소리에 지하까지 뒤흔들린 것이다. 이재호는 자기도 모르게 천장을 올려다봤다. 다른 소대원들도 마찬가지였다. 저 단단한 천장이 무너지는 게 아닐까 걱정이 될 정도였다.

"한 골 넣었나 봅니다."

박광덕이 중얼거렸다.

"서두르자!"

이재호는 서가를 향해 달렸다. 자신의 불길한 예감이 정확하다면, 라디오 소리마저 묻혀버릴 정도의 진동음에 괴물들도 반응할 게 틀림없었다. 라디오 근처에 모여 있던 괴물들이 사방으로 흩어진다면 들키는 건 시간 문제였다.

두 사람이 서가를 돌아 빨간 신발이 보였던 곳으로 갔을 때, 아이를 안은 여자가 튀어나왔다.

"꺄악!"

"진정하세요."

비명을 지르는 여자를 향해 이재호는 얼른 손을 들어 보였다.

"저희는 의경입니다. 도와드리겠습니다."

박광덕이 눈치 빠르게 덧붙였다. 여자는 두 사람을 살피더니 곧 경계심을 풀고 다가왔다. 품에 안은 여자아이는 울면서 칭얼 거리고 있었다. 여자의 얼굴도 눈물범벅이었다.

"가, 갑자기 사람들이 서로 공격하더니……."

"알고 있습니다. 안전하게 모시겠습니다."

이재호는 말을 마친 후 앞장섰다. 여자가 아이를 안고 뒤를 따랐고 박광덕이 후방을 살피며 같이 움직였다. 네 명이 서가 사이를 빠져나오자 소대원들이 다가왔다.

"놈들은 아직 움직임이 없습니다."

이기우가 말했다.

"바로 나간다."

이재호의 지시에 소대원들은 빠르게 움직였다. 최대한 몸을 낮춘 채로 사방을 살피며 아동 서가를 빠져나갔다. 다행히 엄마 품에 안긴 아이도 더는 보채거나 울지 않았다. 함성과 울림은

잦아들었지만 라디오에서 들리는 소리는 오히려 더 커진 것 같았다. 캐스터도, 해설자도 목이 잔뜩 쉰 상태였다.

"이제 연장전을 치르게 됩니다. 연장전은 골든골이죠?"

"네, 맞습니다. 한 팀이 먼저 골을 넣게 되면 그대로 경기가 끝납니다. 절대 방심해서는 안 됩니다."

"우리의 자랑스러운 태극 전사들. 조금만 더 힘내길 바랍니다."

"국민 여러분의 응원이 선수 한 명, 한 명에게 힘이 될 겁니다!"

교보문고 출구가 보였다. 이재호는 멈추라는 신호를 보낸 뒤 출구로 이어지는 넓은 공간으로 먼저 나갔다. 주위를 둘러봤다. 라디오의 중계 소리를 빼면 다른 소리는 들리지 않았다. 어디로 몰려갔는지 베스트셀러 진열대 쪽에도 괴물들은 없었다.

'지금!'

이재호는 소대원들을 돌아보며 손짓했다. 그 순간 이기우의 표정이 일그러졌다. 지금껏 목소리 한 번 크게 낸 적 없던 이기우가 이재호의 뒤쪽을 가리키며 소리를 질렀다.

"수경님!"

"크아!"

괴물의 포효가 들린 것과 이재호가 고개를 돌린 것은 거의 동시였다. 쩍 벌어진 입이 목덜미를 향해 덮쳐오는 순간, 이재호는 반사적으로 진압봉을 뺐다.

'딱!'

최영수의 이가 진압봉을 씹으며 날카로운 소리가 울려 퍼졌다. 입대한 지 석 달도 채 안 된 이경의 얼굴에는 분노와 광기의 표정이 떠올라 있었다. 실핏줄이 터져 벌겋게 변한 눈알을 희번덕이며 최영수가 다시 입을 벌렸다.

'딱! 딱! 딱!'

진압봉을 씹어 삼킬 듯 이를 맞부딪치며 달려드는 최영수의 기세에 이재호는 순간 균형을 잃고 말았다. 무릎이 꺾였다. 상체가 뒤로 밀렸다. 버틸 수가 없었다. 넘어지기 직전, 이재호는 온 힘을 다해 최영수의 배를 찼다.

"윽!"

어깨부터 바닥에 부딪히며 그대로 나동그라졌다. 묵직한 통증이 어깨와 팔 전체로 퍼져 나갔다.

"이재호 수경님!"

박광덕이 달려왔다.

"난 괜찮아. 영수부터……."

영수부터 처치하라고 하려다가 차마 말을 잇지 못했다. 다른 소대원들도 마찬가지인 듯했다. 갑자기 늘어난 먹잇감 앞에서 잔뜩 흥분한 채 씩씩거리는 최영수에게 누구 하나 먼저 달려들지 않았다. 진압봉은 들었지만 주춤거리기만 할 뿐이었다.

"크아!"

최영수가 포효했다.

"크아!"

다른 소리가 이어서 들렸다. 이재호는 상체를 일으키며 소리가 들리는 쪽을 바라봤다. 괴물들이 베스트셀러 진열대를 지나 달려오고 있었다. 앞서 달리던 두 놈이 핏물을 밟고 미끄러졌다. 그중 한 놈은 이동식 진열대에 그대로 부딪혔다. 난리 중에도 용케 잘 쌓여 있던 책 무더기가 와르르 무너져 내렸다.

"크아!"

다른 괴물들은 그 소동에도 아랑곳없이 이재호 일행을 향해 달려왔다.

"어서 처치해!"

이재호는 벌떡 일어났다.

"크아!"

최영수가 한동식을 향해 달려들었다. 이기우가 진압봉으로 최영수의 머리를 내리쳤다. 이번에는 한 번으로 되지 않았다. 비틀거리던 최영수는 그 자세 그대로 풀쩍 뛰어올랐다. 그야말로 짐승, 아니 괴물의 움직임이었다.

"으악!"

미처 피하지 못한 한동식이 넘어지며 최영수 밑에 깔렸다. 이기우가 다시 최영수의 머리를 노리고 진압봉을 휘둘렀다. 이재호는 튕기듯 앞으로 달려 나갔다. 박광덕이 밀려오는 괴물들 쪽으로 이동식 서가를 밀었다. 퍽! 진압봉에 맞은 최영수의 뒤통수가 완전히 찌그러졌지만, 한동식은 이미 팔을 물어 뜯겼다. 그 모든 일이 단 몇 초 사이에 일어났다. 최영수는 모로 쓰러졌고, 한동식은 피가 철철 흐르는 팔을 잡고 뒹굴었다.

"크아!"

이동식 서가에 부딪히지 않은 괴물들이 바로 몇 미터 앞까지 다가왔다.

"피하세요!"

이재호는 여자에게 외친 후 괴물들을 향해 돌아섰다. 얼핏 봐도 수십 명이었다. 모두 끔찍한 몰골을 하고 있었다.

"출구를 등지고 대형 유지해."

얼어붙어 꼼짝도 못하는 후임들을 향해 이재호가 소리쳤다. 정신을 차린 이기우가 제일 먼저 붙어 섰고 박광덕과 나머지 소대원들도 이재호 옆으로 다가와 진압봉을 들었다. 남은 인원은 다섯뿐이었다.

"너, 너무 많습니다."

김시환 상경이 더듬거리며 말했다. 수줍음은 많지만 노래 하나는 끝내주게 잘해서 중대 장기자랑 대회에서 1등도 했다. 꿈은 가수였다.

"옵니다! 옵니다!"

하민욱 일경이 새된 소리를 질렀다. 웹툰 작가가 꿈이었고 실제로도 그림 솜씨가 뛰어나 경찰서 담장 벽화를 직접 그리기도 했다.

"엄마와 아기는 밖으로 도망쳤습니다."

위급한 상황에서도 역시 이기우는 달랐다.

"좋아. 절대 물러서지 마!"

그것이 이재호가 내린 마지막 명령이었다.

골든골

팔이 부들부들 떨렸다. 호흡이 가빠왔다. 금방이라도 쓰러질 것 같았다. 머릿속은 이미 텅 비었다. 후각이 마비된 지도 오래였다. 비릿한 피 냄새도, 구역질이 올라오는 괴물들의 악취도, 이제는 느낄 수 없었다. 눈앞도 흐릿했다. 줄줄 흘러내리는 땀까지 눈으로 들어가 시야가 더 좁아졌다. 몸이 무거웠다. 아프지 않은 곳이 없었다. 의식은 자꾸만 멀어지려 하는데도 아픔은 고스란히 전해졌다. 손가락은 뻣뻣하게 굳었다. 온몸이 땀으로 흠뻑 젖었다. 하체에 힘이 들어가지 않았다. 그래도…… 진압봉 휘두르는 걸 멈추지 않았다.

'퍽!'

이재호가 휘두른 진압봉에 파마머리를 한 아주머니가 나가떨어졌다. 그것으로 끝이 아니었다. 아주머니는 괴성을 지르며 다시 일어나려 했다. 이재호는 아주머니의 눈에 진압봉을 힘껏 박아 넣었다. 움직이지 않는 시체가 하나 더 늘었다. 교보문고 바닥은 피범벅이었다. 고이다시피 한 핏물 위로 뼛조각과 살점, 그리고 정체를 알 수 없는 희멀건 덩어리들이 둥둥 떠다녔다.

"크아!"

괴물은 또 달려들었다. 이번에는 왼쪽 옆이었다. 티셔츠에 맞춰 붉은색 모자까지 쓴 앳된 남자애였다. 이재호는 진압봉을 뻗어 괴물을 밀쳐낸 뒤 모자를 쓴 머리를 강타했다. 빠직. 둔탁한 소리와 함께 머리가 갈라졌다. 남자애가 무릎을 꿇으며 주저앉은 순간, 바로 그 뒤에서 다른 괴물이 튀어나왔다.

"아!"

이재호는 자기도 모르게 그런 소리를 냈다. 낯이 익었다. 떡진 머리카락, 겹겹이 껴입은 옷, 아무렇게나 자란 손톱, 싯누런 이까지…… 그토록 찾아 헤맸던 노숙자 박 씨였다.

"크아아!"

박 씨는 그 어떤 괴물보다 크게 포효했다. 마치 자기가 괴물의 왕이라고 주장하는 것처럼. 이재호는 그런 박 씨의 얼굴을 향해 진압봉을 휘둘렀다. 온 힘을 다해, 사력을 다해. 그 순간 바닥에 떨어진 누군가의 뇌를 밟고 미끄러졌다. 진압봉은 속절없이 허공을 갈랐다. 자세가 무너진 틈을 놓치지 않고 박 씨가 달려들었다.

"윽."

이재호는 박 씨와 엉키며 넘어졌다. 그러면서 진압봉을 놓치고 말았다. 한 손으로 바닥을 더듬었지만 진압봉은 만져지지 않았다. 그 사이 바로 코앞까지 밀고 온 박 씨가 딱딱딱 이를 맞부딪쳤다. 희뜩 뜬 벌건 눈이 이재호에게 고정됐다. 이재호는 그 눈 속에서 불타오르는 분노를 읽었다. 그제야 이해했다. 이 괴물들을 움직이게 만드는 힘이 무엇인지. 아가리를 한껏 벌려 살점을 뜯어내게 만드는 그 힘은, 살아있는 자들에 대한 분노에서 나오는 것이었다.

"으아아!"

그 사실을 깨닫자마자 이재호는 미친 듯이 소리쳤다. 속 깊은 곳에서 분노가 치솟아 올랐다. 참을 수가 없었다. 이재호의 분노는 죽지 못한 채 발악하는 괴물들에 대한 것이었다. 저것들이 계속 인간을 공격하게 할 수는 없었다. 무슨 일이 있어도 여기서 다 처치해야 했다.

"크아아!"

박 씨가 모가지를 길게 빼고 덤벼왔지만 이재호의 분노가 더 컸다. 이재호는 한 손으로 박 씨의 목을 잡고 나머지 손은 엄지를 구부려 박 씨의 눈알에 찔러 넣었다. 괴물이 발버둥 쳤다. 이재호는 박 씨 위로 올라갔다. 눈을 파내는 것만으로는 괴물을 처치할 수 없었다. 팔뚝으로 목을 누르면서 무기가 될 만한 걸 찾았다. 박 씨는 미친 소처럼 날뛰었다. 조금이라도 힘을 뺏다가는 튕겨나갈 판이었다. 박 씨가 한껏 포효할 때마다 검게 변한 혀가 거머리처럼 꿈틀거렸다. 피와 침이 뒤섞여 개거품처럼 흘러나왔다. 혐오스러운 그 꼴을 더는 보고 싶지 않았다. 손끝에 무언가가 닿았다. 딱딱하고 묵직한 물건이었다. 망설이지 않고 주워들었다. 무전기였다. 이재호는 그걸 한 손에 들고 박 씨를 노려봤다.

"크아아!"

"죽어!"

박 씨의 얼굴 한 가운데를 무전기로 내려쳤다. 코가 뭉개지며 피가 튀었다. 다시 내려쳤다. 살이 벌어지고 뼈가 드러났다.

"죽어! 죽어! 죽어!"

세 번, 네 번, 다섯 번. 쉬지 않고 무전기를 박아 넣었다. 근육이 찢어지고, 뼈가 갈라질 때까지, 벽돌처럼 단단한 무전기가 산산조각 날 때까지, 자기 손이 너덜너덜해질 때까지 이재호는 같은 동작을 반복했다. 내려치고, 내려치고, 또 내려치고.

"죽어!"

이재호는 더 이상 움직이지 않는 박 씨를 향해 마지막으로 소리쳤다. 박 씨의 얼굴은 이미 원래의 형태에서 한참 벗어난 모양새였다. 그걸 보자 비로소 만족감이 피어올랐다. 헉헉. 숨을 몰아쉴 때마다 짜릿한 흥분과 쾌감이 혈관을 타고 몸 구석구석으로 퍼져 나갔다. 이제 괴물 소리는 들리지 않았다. 오직 라디오만이 고집 세게 떠들어 델 뿐이었다.

"연장 후반도 이제 거의 끝나갑니다. 공격 기회를 잡아야 합니다."

"크크크."

이재호는 터져 나오는 웃음을 참을 수 없었다.

"얘들아."

후임들을 불렀다. 한 때 박 씨였던 무언가 위에 그대로 올라탄 채로.

"우리가 이겼어."

아무도 대답하지 않았다.

"기우야. 광덕아. 시환아. 민욱아! 우리가 이겼다고!"

이재호는 주위를 둘러봤다. 움직이는 사람은 자신뿐이었다. 겹겹이 쌓인 시체 사이 어딘가에 후임들 역시 죽었거나 아니면 괴물이 되어 쓰러져 있는 것 같았다.

"하아."

이재호가 한숨 같은 탄식을, 탄식 같은 한숨을 내 쉰 순간 라디오에서 폭발음 같은 환호성이 터져 나왔다.

"골! 골입니다! 안정환 선수 골입니다!"

"대한민국이 승리했습니다. 대한민국 만세입니다!"

"아! 목이 메어 말이 안 나옵니다."

광장도 난리가 난 것 같았다. 또 천장이 웅웅 울렸다. 이재호는 천천히 일어났다. 머리가 핑 돌았지만 간신히 균형을 잡았다. 시체 사이를 지나 비척비척 출구로 향했다. 바닥에 고인 피가 끈적끈적하게 변한 채로 전투화에 달라붙었다. 마치 나가지 못하게 붙잡기라도 하는 것처럼.

"크크크."

발작처럼 또 웃음이 터져 나왔다. 이재호는 어깨까지 들썩이며 웃었다. 지하도는 텅 비어 있었다. 손이 제멋대로 떨렸다. 이제는 통증도 느껴지지 않았다. 3번 출구 계단을 올려다봤다. 함성이 계속 들렸다. 이재호는 딴 세상을 향해 계단을 걸어 올라갔다. 크윽. 속에서 뜨거운 무언가가 올라왔다. 크윽. 모르는 사이에 침이 흘러 내렸다. 이재호는 손을 들어 간신히 입을 훔쳤다. 손잡이를 꼭 잡고 한 계단, 한 계단 오르는 사이 눈앞이 점점 붉게 물들어 갔다. 손이 또 저 혼자 움직였다. 이재호는 낯선

생물처럼 꿈틀거리는 자신의 손을 내려다봤다. 엄지와 검지 사이에 잇자국이 난 것도 같았지만 딱히 신경 쓰고 싶지 않았다. 아니, 신경 쓸 수가 없었다. 뇌가 부글부글 끓어올랐다. 딴 생각을 할 수가 없었다. 머릿속을 가득 채운 건 타는 듯한 분노와 식욕뿐이었다. 어느새 마지막 계단이었다. 이재호는 한결 가벼운 동작으로 그 계단을 올랐다. 새빨갛게 변한 시야에 부둥켜안고 기쁨을 나누는 사람들이 들어왔다. 태극기가 휘날렸다. 대한민국을 연호하는 소리와 박수 소리가 뒤섞여 광장 전체에 쩌렁쩌렁 울려 퍼졌다. 대형 스크린에는 히딩크 감독이 16강전 전에 했던 인터뷰 영상이 흘러나오고 있었다.

"I'm still hungry."

이재호는 그 모든 걸 보며 고개를 주억거렸다. 그러고는 치밀어 오르는 분노를 참지 못하고 포효했다.

"크아아!"

연지가 창고에서 막 나왔을 때 사람들이 편의점 안으로 들어왔다.

"안 돼요! 들어오시면 안 돼요!"

막아보려 했지만 소용없었다. 사람들은 막무가내였다. 덩치 큰 남자가 마지막으로 밀고 들어오며 문을 닫더니 위쪽과 아래쪽 잠금장치까지 다 채워버렸다. 다음 순간 흉측한 몰골의 사람, 아니 좀비들이 나타났다. 그러고는 편의점 문과 유리벽을 때려대기 시작했다. 한둘이 아니었다. 골목을 가득 채울 정도로 많았다.

"와! 씨…… 죽는 줄 알았네."

덩치 큰 남자가 체격과 어울리지 않는 높고 날카로운 목소리로 말했다.

"좀비! 조, 좀비 맞죠?"

머리를 탈색한 젊은 남자가 사람들을 둘러보며 물었다. 그러고는 핸드폰을 들어 바깥의 좀비를 찍기 시작했다. 케이스에 달린 십자가 액세서리가 마구 흔들렸다.

"좆나 대박! 친구들 말이 뻥이 아니었네."

찰칵. 찰칵. 그 남자가 다양한 각도로 수십 장의 사진을 연속으로 찍어대는 사이 다른 사람들은 계산대 주위로 모였다. 모두 넷이었다. 탈색한 사진 찍는 남자까지 더하면 다섯. 문을 잠근 덩치 큰 남자, 진한 화장의 중년 여자, 그리고 중절모를 쓴 노인과 책가방을 멘 여자아이까지.

"여기 계시면 안 돼요. 시간 거의 다 됐는데……."

연지가 말했지만 누구도 귀를 기울이지 않았다. 점장에게도 늘 목소리가 작다고 잔소리를 듣던 연지였다.

"시원시원하게 인사하고 대답도 해야 할 거 아냐. 참 답답하네."

답답한 건 연지도 마찬가지였다. 타고나길 목소리가 작은데다 사람과 마주하면 자기도 모르게 우물우물 말끝을 흐린다. 눈도 잘 마주치지 못한다. 이런 쪽 일과는 어울리지 않는 것이다. 그걸 알면서도 편의점 아르바이트 말고는 할 게 없다는 것도 답답했다.

"뭔 이상한 바이러스가 돈다더니 그 말이 맞았네."

중년 여자가 숨을 몰아쉬며 말했다.

"여기만 이런 게 아닌가 봐요. 지금 SNS마다 난리 났어요."

탈색 머리가 핸드폰을 들여다보며 말했다. 띠링. 띠링. 띠링. 그 남자의 핸드폰은 쉴 새 없이 울렸다.

"와…… 좋아요 수 좀 봐! 이 사진 개대박이다. 크크."

탈색 머리는 뭐가 그리 좋은지 계속 낄낄거렸다.

"저기, 출입구는 이거 하나 맞죠?"

덩치 큰 남자가 연지를 향해 물었다. 연지는 고개를 끄덕였다. 남자는 투명한 통유리에 다닥다닥 붙은 좀비들을 보며 중얼거렸다.

"여기만 막으면 일단은 안전하다는 건데……."

"저게 깨지진 않겠소?"

노인이 물었다.

"생각보다 단단합니다. 깨질 염려는 없습니다."

덩치 큰 남자가 대답했다.

"여기서 못 나가는 거예요?"

여자아이가 떨리는 목소리로 물었다.

"못 나가긴 뭘 못 나가? 재수 없는 소리 하고 있어."

신경질적인 반응을 보인 건 중년 여자였다. 그는 입술을 뜯는 버릇이 있었다. 매니큐어를 칠한 손톱으로 입술을 한 번 뜯고 밖을 바라보고, 또 뜯고 다시 바라보기를 반복했다.

"나 학원가야 하는데……."

여자아이는 울먹이기 시작했다.

"애, 울지 마. 괜찮을 거야."

연지는 여자아이를 향해 말했다.

"정말요? 학원 안 가면 엄마가 혼낼 텐데."

"엄마한테 전화해서 설명하면 되지 않을까? 핸드폰 없어?"

"있었는데요, 아까 떨어뜨려서……."

여자아이의 눈에서 눈물이 뚝뚝 떨어졌다. 연지가 계산대에서 나와 티슈를 건네려는 찰나, 중년 여자가 사나운 표정으로 쏘아붙였다.

"아니, 그쪽은 이 꼴을 보고도 뭐해? TV라도 좀 켜봐!"

"아! 네네. 그런데 진짜 여기서 이러시면 안 되거든요."

연지는 안절부절 못하며 리모컨을 들었다. 사람들은 이미 벽걸이 TV에 시선을 고정했고, 그래서인지 연지의 뒷말에 대꾸하는 이는 아무도 없었다. 속으로 한숨을 쉬며 연지는 TV를 켰다. 곧바로 뉴스가 흘러나왔다. 안경을 쓴 앵커가 벌겋게 충혈된 눈을 번득이며 빠르게 소식을 전하고 있었다.

"현재 도심 곳곳에서 발생하고 있는 무차별 폭력 사태와 관련해 정부에서는 이들이 좀비임을 공식적으로 인정했습니다. 좀비들은 인간을 공격한다는데요, 지금 전문가를 모시고…… 네, 아! 죄송합니다. 전문가인…… 의학박사, 그러니까…… 이름이 뭐였죠? 네?"

카메라가 서둘러 바로 옆으로 돌아갔다. 재킷을 차려입은 여자의 당황한 표정이 그대로 잡혔다. 앞에서 사인을 보냈는지 여자는 더듬거리며 말을 시작했다.

"아! 네. 좀비라고 불리는 이들은 인간을 공격하는 게 맞습니다. 그리고 좀비에게 물린 인간은 현재 알려진 바로는 음…… 4시간 안에 좀비로 변한다고 합니다. 좀비 영화를 떠올리시면 딱 맞을 텐데요……."

전문가의 말은 끝까지 이어지지 못했다. 앵커가 달려들었기 때문에.

"크아아!"

앵커는 스튜디오가 떠나가라 광포한 소리를 내지르며 전문가의 목덜미를 물어뜯었다. 앵커의 이가 살을 뚫는 소리, 피가 뿜어져 나오는 소리, 그리고 전문가가 토해내는 비명과 신음까지 생생하게 들렸다. 전문가의 흰색 재킷은 금세 검붉은 피로 물들었다.

"으아! 저거 몰카 아니죠?"

탈색이 그렇게 외친 순간 TV가 꺼졌다. 사람들이 동시에 연지 쪽으로 고개를 돌렸다.

"저, 전 아니에요."

연지가 리모컨을 내려놓으며 말했다.

"방송을 끊은 모양인데."

노인이 중얼거리자 덩치 큰 남자가 바로 반박했다.

"아닐 겁니다. 보세요. 여기, 전기가 다 나갔습니다."

남자의 말에 사람들은 모두 편의점 내부를 둘러봤다. 연지도 얼른 천장 조명과 냉장고를 살폈다.

"맞네! 불이 나갔네."

중년 여자가 말했다.

"냉장고도 안 돌아가요."

연지가 말했지만 이번에도 역시 누구 하나 대꾸하지 않았다.

"왜 이래?"

탈색이 발끈하며 핸드폰 액정을 두드렸다.

"무슨 일입니까?"

덩치 큰 남자가 물었다.

"핸드폰도 안 되네요. 와이파이도 안 잡히고."

"나도 그래."

노인이 맞장구를 쳤다.

'크아아!'

좀비들의 포효가 갑자기 커졌다. 사람들은 흠칫 놀라며 밖을 바라봤다. 그새 좀비들의 수가 더 늘어나 있었다. 멀쩡한 모습이 거의 없었다. 뺨이 완전히 뜯겨 이가 다 드러난 남자, 내장을 허리띠처럼 두르고 있는 여자……. 편의점 문 앞에 바로 붙어 선 뚱뚱한 남자는 우람한 팔 하나를 들고 유리를 때려 대고 있었다. 팔의 주인은 아마 남자 자신인 듯했다. 절반밖에 안 남은 왼팔에서 피를 흘리고 있었으니까.

"이게 도대체 뭔 일이래. 다들 뭐 아는 거 없어?"

중년 여자가 물었다. 맹렬한 기세로 입술을 뜯으며.

"몰라요. 지하철 타려고 막 들어가는데 저것들이 몰려 올라왔어요. 도망치기 바빴다니까요. 좆나 열나게 뛰었네."

탈색이 말했다. 그는 여전히 핸드폰에 미련을 버리지 못하고 손가락으로 액정을 계속 두드려댔다.

"나는 공원 옆을 지나는데 주민센터에서 괴물들이 달려 나오지 뭔가."

노인의 말에 중년 여자가 목소리를 높였다.

"내가 거기 있었다는 거 아녜요! 어휴, 죽는 줄 알았네. 아니, 인감증명서 떼려고 들어갔는데 노숙자 같이 꼬질꼬질한 인간이

지랄발광을 하더니 사람들을 물지 뭐야. 식겁했다니까! 아이고 하나님, 하는 소리가 절로 나오더라고. 경찰들은 뭐 하나 몰라. 세금 아까워서 원."

"짭새들 하는 게 다 그렇죠. 지금쯤 좆나 벌벌 떨면서 도망 다니기 바쁠걸요? 크크."

탈색이 또 저 혼자 킥킥대며 떠들었을 때였다. 옆에 서 있던 덩치 큰 남자가 탈색의 뒤통수를 냅다 후려쳤다. 연지는 놀라서 움찔했다. 그 바람에 계산대에 쌓여있던 담배를 치고 말았다. 사람들은 우르르 떨어지는 담배에는 신경도 쓰지 않고 덩치 큰 남자 쪽을 바라봤다.

"대가리에 피도 안 마른 양아치 새끼가 어디서 짭새래? 응?"

덩치 큰 남자는 그렇게 말하며 탈색의 뒤통수를 다시 때렸다.

"아! 왜 때려요?"

탈색은 소리만 쳤지 달려들지는 못했다.

"내가 경찰이다. 내가 경찰이라고 이 새끼야!"

덩치 큰 남자, 아니 경찰이 두툼한 손을 치켜들자 탈색은 머리색만큼이나 하얗게 질린 얼굴로 빌기 시작했다.

"죄, 죄송합니다. 경찰을 비하하려고 그랬던 게 아니라……."

"진짜 경찰 맞아요? 난 인상이 험해서 조폭이나 뭐 그런 건 줄 알았네."

중년 여자가 입술을 비죽 내밀며 말했다.

"하필 비번일 때 이 사달이 나서 저도 정확하게는 모르겠지만 곧 경찰 병력이 투입될 겁니다."

경찰은 탈색을 바라보던 매서운 시선을 거두고는 사람들에게 말했다.

"그러면 여기서 나갈 수 있어요? 저 무서운 어른들 다 물리칠 수 있어요?"

여자아이가 물었다.

"그럼. 그러니까 울지 말고 조금만 기다려."

경찰의 말에 여자아이는 고개를 끄덕였다.

"말세네, 말세야."

노인은 밖을 보며 중얼거렸다. 그러고는 중절모를 벗어 반쯤 벗어진 이마를 쓸었다. 노인의 이마에는 땀이 맺혀 있었다.

"좀 덥죠?"

연지가 물었고, 사람들은 그제야 반응을 보였다.

"내 안 그래도 그 말 하려고 했어. 무슨 편의점이 이렇게 더워?"

"정전이니까 그렇죠. 에어컨 꺼졌잖아요."

중년 여자의 물음에 탈색이 슬그머니 끼어들어 대답을 했다.

"누가 그걸 몰라서 그래? 그냥 하는 말이지. 쯧."

중년 여자는 무안한 표정을 지으면서도 혀를 차는 걸 잊지 않았다. 그런 뒤 테이블 쪽으로 걸어가 의자에 털썩 주저앉았다.

"나도 좀 앉아야겠네. 얼마나 더 기다려야 할지 모르니."

노인도 중년 여자 맞은편에 앉았다. 연지는 계산대 아래에서 막 꺼내려던 휴대용 선풍기를 다시 넣었다. 초여름의 열기가 순식간에 편의점을 달구기 시작했고, 실내 온도는 금세 높아질 것이다. 그래도 연지는 덥지 않았다. 다른 사람들을 위해 선풍기를 내어줄까 했는데 마음을 고쳐먹었다. 나름의 소심한 복수였다.

"목말라요."

여자아이가 연지를 향해 말했다.

"아! 여기 물 있으니까 마셔."

연지는 계산대를 나와 냉장고로 향했다. 불 꺼진 냉장고는 어딘지 모르게 주눅 든 아이처럼 보였다. 마치 연지 자신처럼, 지금의 상황을 거북해하고 미안해하는 것처럼도 보였다. 아닌 게 아니라 불 꺼진 냉장고와 형형색색의 음료수들은 지독하게 안 어울렸다. 연지는 얼른 생수 한 병을 꺼내서 여자아이에게 내밀었다.

"고맙습니다."

아이는 예의가 발랐다.

"넌 이름이 뭐야?"

"조희요, 하조희."

"예쁜 이름이네. 넌 다리 안 아파? 저기 의자에 앉아서 마셔."

"네."

조희는 조용히 걸어가 의자에 앉았다. 연지가 그 모습을 보고 돌아서려는 찰나 중년 여자가 불쑥 입을 열었다.

"나도 물 한 병 줘봐. 삼다수로."

"네?"

"못 들었어? 물 좀 달라고. 덥고 목말라."

"정전이라 포스기가 안 되거든요. 카드 결제는 당연히 안 되고, 현금을 내신다 해도 바코드를 찍어야 판매할 수가 있는데……."

"뭐라고?"

중년 여자가 소리를 꽥 질렀다. 연지는 놀라서 얼어붙었다. 누가 조금이라도 큰 소리를 내면 바로 겁을 먹는 연지였다. 자신이 이렇게 된 건 옛날부터 소리를 버럭버럭 질러댄 아빠 탓이라고 생각하지만 그걸 입 밖으로 꺼낸 적은 한 번도 없었다. 그럼 또 아빠가 소리를 지를 테니까. 그러고 보니 가족들 안전이 궁금했다. 좀비한테 당했을까? 죽었을까? 죽어버려도 상관은 없지만…….

"뭐 이런 경우가 다 있어? 이런 비상상황에 판매? 그것도 물을? 나 참 어이가 없어서."

중년 여자가 목소리를 높이자 바깥의 좀비들이 더 난리쳤다. 좀비들은 여름밤 가로등 전구 아래 빼곡히 붙은 부나방 같았다. 징그럽다는 것도 비슷한 점이었다. 연지가 잠시 그런 생각을 하는 사이 어느새 일어난 중년 여자가 냉장고로 다가갔다. 그러고는 냉장고 문을 확 열었다.

"그, 그래도 계산을 해야……."

연지는 나름 용기를 내서 말했지만 목소리는 한없이 기어들어갈 뿐이었다.

"저기요, 경찰 아저씨. 이런 경우엔 그냥 마셔도 되는 거 아냐?"

중년 여자가 짜증 섞인 표정을 한 채 경찰에게 물었다. 그때였다. 사이렌 소리가 들렸다. 분명 경찰차 사이렌이었다. 그것도 한두 대가 아니었다. 사람들은 약속이라도 한 듯 통유리로 다가갔고, 좀비들 역시 약속이라도 한 듯 으르렁거리며 고개를 돌렸다.

"온다! 우리 구하러 경찰이 와요!"

탈색이 잔뜩 흥분한 목소리로 외쳤다. 좀비들은 경찰차가 가까워질수록 광분했다. 크아아! 크아아! 사이렌 소리보다 좀비들의 포효가 훨씬 컸다.

"됐어. 이제 됐어. 아저씨가 말했잖아! 하하."

경찰이 조회를 향해 말했다. 활짝 웃자 얼굴이 더 험악하게 보였다.

"그런데 저것들이 너무 많은 것 같은데."

노인이 좀비들을 보며 말했다.

"괜찮습니다. 저것들은 더는 인간이 아니니 아마 발포를……."

"어어?"

탈색이 소리를 질렀다. 편의점을 향해 달려오던 경찰차 중 두 대가 멈추지 않고 지나쳤다. 그것도 아주 빠르게. 마지막 경찰차 한 대는 좀비들에 가로막히자 어쩔 수 없이 속도를 늦추는 것 같았다. 좀비들은 멈춰 선 경찰차를 향해 몰려갔다. 각각 운전석과 조수석 문을 열고 경찰 두 명이 차에서 나왔다. 그들은 겁에 질린 표정으로 허리춤에서 뭔가를 꺼내 들었다. 나이 들어 보이는 쪽이 비명 비슷한 소리를 지르며 좀비를 향해 그 뭔가를 발사했다. 테이저건이었다. 앞으로 쭉 뻗어나간 줄 두 개가 비쩍 마른 좀비에게 꽂혔지만 놈은 잠시 몸을 부르르 떨었을 뿐 끄떡도 없었다. 그 사이 다른 좀비가 경찰 한 명의 팔을 낚아챘다. 경찰이 화들짝 놀라며 뿌리치려 했지만 좀비의 힘을 당하지 못하고 쓰러졌다. 그 위로 서너 마리의 좀비가 기다렸다는 듯 달려들었다. 테이저건을 발사했던 경찰은 잠시 상황을 살피다가 그대로 도망쳤다. 쓰러진 경찰은 온 힘을 다해 발버둥 치는 듯했지만 좀비들의 공격이 훨씬 거셌다. 좀비의 손이 배를 찢고 내장을 꺼내는 순간 경찰은 비명을 질렀다.

"으아악!"

그 처절한 비명은 편의점 안까지 생생하게 들렸다. 연지는 조희의 눈을 가렸다. 조희의 떨림이 고스란히 전해졌다.

"우욱."

탈색이 토했다. 고약한 냄새가 피어올랐지만 누구 하나 입을 열지 않았다. 사람들은 쓰러진 경찰이 좀비들의 공격을 받아 갈기갈기 찢기는 걸 멍하니 바라볼 뿐이었다. 마치 박제라도 된 듯 움직이는 이도 없었다. 그 모든 게 단 몇 분 안에 벌어졌다. 흡족하게 식사를 마친 좀비들은 다른 먹잇감을 향해 몸을 돌렸다. 바로 편의점을 향해. 그제야 연지는 깨달았다. 좀비들에게 이 편의점은 거대한 도시락이라는 사실을. 물론, 누가 먼저 차지하느냐는 다른 이야기겠지만.

"오! 주여."

노인이 나지막이 중얼거리자 사람들도 비로소 움직이기 시작했다. 중년 여자는 다시 의자에 주저앉았고, 탈색은 바닥에 쓰러지다시피 누웠으며, 경찰은 생각에 잠긴 표정으로 편의점 안을 왔다 갔다 했다.

"이제 가망이 없는 거겠죠? 경찰들도 다 도망가잖아요."

탈색이 힘없이 말을 뱉었다.

"더 급한 사람들 도우러 갔을 거예요."

조희가 말했다.

"허어, 애는 참 좋네. 긍정적이라서. 좆나 좋아."

탈색이 일어나 앉으며 말했다.

"아니, 경찰 양반. 이게 어떻게 된 거야? 정신 사납게 돌아다니지만 말고 좀 설명해 봐요."

중년 여자가 경찰에게 말했다. 짜증스러워하는 표정은 여전했지만 아까보다 힘이 많이 빠진 목소리였다.

"장기전이 될 것 같습니다."

경찰이 말했다.

"그게 뭔 소리요?"

노인이 물었다.

"제 생각엔 이번 사태가 워낙 대규모로 예기치 않게 발생해 경찰 병력만으로는 손을 쓸 수 없는 것 같습니다. 하지만 이제 곧 군이 출동할 겁니다."

경찰은 확신에 찬 표정으로 사람들 한 명, 한 명을 바라봤다. 그러고는 말을 이었다.

"군의 화력과 작전 수행 능력이라면 좀비 정도는 쉽게 제압할 겁니다. 그렇지만 시간이 좀 걸리겠죠. 그때까지 얼마나 잘 버티는가가 중요합니다. 다행히 우리는 편의점 안에 있고 당분간은 식량을 걱정하지 않아도 됩니다. 여기 있는 것들을 먹으며 버티면 되니까요."

마지막 말은 연지를 보며 한 것이었다. 당황한 연지는 더듬거리며 대답했다.

"그, 그게…… 이 물건들이 제 마음대로 할 수 있는 게 아니라……."

"어휴, 아직도 저 소리. 답답해 죽겠네!"

중년 여자가 연지의 말을 잘랐다.

"이런 위급 상황에서는 공공의 안전과 이익이 우선입니다. 그리고 경찰인 제가 하는 말을 따르셔야 합니다. 이곳의 모든 식품, 우리가, 물론 그쪽 분도 포함해서, 먹는 데 동의하십니까?"

경찰이 연지에게 물었다.

"아니, 그것보다 이게 정말 시간이 얼마 없거든요."

"그런 걱정은 안 하셔도 됩니다. 음식들 유통기한 다할 때까지 여기 갇혀있진 않을 테니까요."

"저기…… 경찰 선생님."

탈색이 슬그머니 손을 들며 경찰을 불렀다.

"왜?"

"저도 편의점 알바 해 봐서 아는데 여기 음식들이 생각보다 유통기한이 짧거든요. 과자 이런 것들 말고 배부르게 먹을 수 있는 건 다 그래요. 냉장고도 안 되니까 아마 더 빨리 상할 수도 있고요."

"정말입니까?"

경찰의 물음에 연지는 말없이 고개를 끄덕였다.

"그러면 상하기 전에 먹어야겠네."

중년 여자는 벌떡 일어나더니 김밥과 도시락 진열 냉장고로 향했다. 노인과 탈색, 경찰도 그 뒤를 따랐다. 조희는 연지의 손을 꼭 잡으며 조용히 말했다.

"언니, 너무 무서워하지 마세요."

"응?"

"떨고 있잖아요."

조희의 말을 듣고서야 연지는 자신이 조금 떤다는 사실을 깨달았다.

"괜찮아. 안 무서워."

연지는 조희의 머리를 쓰다듬었다.

"뭐야? 삼각김밥도 그렇고 도시락도 왜 이렇게 없어? 다 팔린 거야?"

중년 여자가 뒤를 돌아보며 물었다.

"그게…… 어젯밤에 들어온 건 거의 다 나갔고 좀 있으면 신선식품이 새로 들어 올 건데……"

연지는 말끝을 흐렸다. 새로운 신선식품 같은 건 더는 없다. 당연히, 교대해야 할 다음 타임 아르바이트생도 안 올 것이다. 그리고…….

"어어! 아줌마. 혼자 먹으면 안 되죠!"

탈색이 소리를 질렀다. 중년 여자가 삼각김밥 하나를 막 집어 들어 포장을 뜯으려던 참이었다.

"어차피 상한다며? 먼저 먹는 사람이 임자지!"

"멈추세요."

경찰의 높고도 단호한 목소리가 편의점에 울려 퍼졌다. 중년 여자는 물론이고 다른 사람들도 놀란 표정으로 경찰을 바라봤다.

"아니, 이거 하나 먹는 게 뭐 대수라고 그렇게 정색을……."

"내려놓으세요!"

"알았어."

중년 여자는 삼각김밥을 던지듯 내려놓았다.

"지금부터 이곳은 제가 통제합니다. 여기에 얼마나 있어야 할지 모르는 상황에서 무턱대고 식량을 축내는 건 엄격히 금하겠습니다. 알겠습니까?"

사람들은 경찰의 서슬 퍼런 태도에 대꾸도 못하고 고개만 끄덕였다. 경찰은 만족한 듯 사람들을 스윽 훑어보더니 손짓으로 연지를 불렀다.

"네네."

연지가 다가가자 경찰이 삼각김밥을 가리키며 물었다.

"이건 유통기한이 얼마나 되지?"

"하, 하루요."

"그것밖에 안 된다고?"

"김밥들은 다 그래요. 속 재료가 쉽게 상하는 것들이라서."

"그럼, 이 도시락들은?"

"5일인데 이건 어제 들어온 것들이라 4일밖에 안 남았어요."

"그나마도 두 개밖에 없구먼."

노인의 말에 연지는 괜히 찔려서 고개를 숙였다. 오전에 출근
하자마자 자기가 하나를 먹었던 것이다. 그것도 제일 맛있는 불
고기 도시락을. 점장의 허락을 받아 돈까지 내고 먹은 것이기는
했지만 미안한 마음은 어쩔 수 없었다.

"소시지나 핫바는?"

경찰이 다시 물었다.

"2주……."

"컵라면은?"

"자, 잘은 모르는데 몇 개월 갈 거예요. 라면 같은 경우에는."

연지의 대답이 만족스럽지 않았는지 경찰이 미간을 살짝 찌

푸렸다. 연지는 그걸 보고 재빨리 덧붙였다.

"컵라면은 지금 드셔야 할 거예요. 전기가 나가서 뜨거운 물도 안 나올 테니까. 온수기에 들어있는 게 전부예요."

"좋습니다. 이제 파악을 했습니다. 우선은 상하기 전에 김밥을 먹어야겠군요."

"그러니까 내가 먹는다고……."

경찰이 노려보자 중년 여자는 입을 닫았다.

"아이가 우선입니다. 아시겠습니까? 자, 조희라고 했지? 너 먼저 하나 골라봐. 삼각김밥은 닭갈비 들어간 것도 있고, 불고기 들어간 것도 있고, 비빔밥 들어간 것도 있고, 스팸 들어간 것도 있어."

"저거요."

조희는 중년 여자가 내려놓았던 걸 가리켰다.

"참치마요 말이니? 다른 것들도 있는데?"

경찰이 물었다.

"참치마요 먹을게요."

"참치마요?"

"네."

"정말?"

"네. 저 참치마요 좋아해요."

"으응, 그렇구나."

경찰은 못내 아쉽다는 표정으로 조희에게 참치마요 삼각김밥을 건넸다.

"언니가 까줄게."

연지가 조희에게서 얼른 삼각김밥을 받아들었다.

"감사합니다."

"저기 가서 먹자."

연지는 조희의 손을 잡고 테이블로 향했다.

"언니는 배 안 고파요?"

"응. 난 괜찮아."

연지는 조희를 보며 가늘게 웃었다.

"다른 분들도 하나씩 고르세요. 불고기는 제 겁니다. 그거 빼고 고르세요. 그리고 물 식기 전에 컵라면도 하나씩 먹읍시다."

"자기 마음대로 하려고……."

중년 여자가 들릴 듯 말 듯 중얼거리며 삼각김밥을 가져갔다. 탈색과 노인도 하나씩 골랐다. 사람들은 각자 취향에 맞는 컵라면까지 고르고선 차례로 물을 받았다. 그동안 잠시 침묵이 흘렀다. 또르르, 또르르. 뜨거운 물 떨어지는 소리만 들렸다. 연지는 벽에 걸린 시계를 확인했다. 어느새 오후 1시였다. 이미 2시간이 지나 버린 것이다.

"와, 시간 좆나 안 가네. 아직 1시간밖에 안 지났어요."

탈색은 핸드폰을 들여다보며 말했다. 그는 거의 습관적으로 핸드폰 화면을 눌러댔고, 그때마다 케이스에 달린 작은 십자가가 덜렁거렸다. 컵라면 물을 받아놓고 생각에 잠겨 있던 노인은 그런 탈색을 한참 보더니 조용히 물었다.

"혹시 주님을 믿으십니까?"

"주님? 아! 어릴 때 교회 다니긴 했는데 이건 엄마가 주셔서……."

"역시."

노인은 탈색의 말을 다 듣지도 않고 알겠다는 듯 고개를 끄덕였다.

"역시? 영감님 뭐 알고 있어요?"

중년 여자가 물었다. 그는 이제 막 삼각김밥을 베어 물고는 우물거리고 있었다. 빨갛게 칠한 립스틱은 어느새 다 지워졌다. 그 덕분인지 인상이 조금은 부드럽게 보였다.

"알 것도 같군요."

노인이 말했다.

"뭘 아신다는 겁니까?"

이번에는 경찰이 물었다. 그러자 노인은 의자에서 일어나 사람들을 둘러보며 천천히 말했다.

"내가 우리 교회 장로요. 그리고 성경 박사로 통하지. 그래서 지금 이 상황을 주님의 말씀에 대입해 곰곰이 생각해 봤소. 그러니 알겠더군요. 해답은 성경에 있었다는 것을."

"네?"

탈색이 황당하다는 표정으로 노인을 바라봤다. 그러거나 말거나 노인은 말을 이었다.

"왜 밖에 있는 저들은 흉측한 꼴이 되어 누군가를 공격하고, 여기 우리는 이렇게 멀쩡한 상태로 있겠소? 그건 우리가 이마에 인침을 받은 자들이기 때문이오."

"뭐라는 거야?"

중년 여자가 입술을 비죽 내밀고는 중얼거렸다.

"저 청년과 나는 주님을 믿고 있기에 구원받았지. 그리고 경찰인 그쪽은 주님의 손에 친히 쓰임을 받았기에 저들과 같이 되지 않은 것이오. 아주머니 역시 교회에 나가시지요?"

노인은 현자 같은 눈빛으로 중년 여자를 그윽하게 바라봤다.

"아니 뭐, 나가기는 하는데 그렇게 열심히……."

"그래서 이 환난에서 구원받은 겁니다!"

노인은 단정하듯 말했다. 그때 연지가 천천히 손을 들고 말했다.

"저도 교회에 다니기는 하는데……."

168

노인은 그것보라는 듯 고개를 끄덕이더니 설교라도 하듯 두 팔을 벌리고 목소리를 높였다.

"요한계시록 9장에는 이렇게 나와 있습니다. 다섯째 천사가 나팔을 불매 내가 보니 하늘에서 땅에 떨어진 별 하나가 있는데 그가 무저갱의 열쇠를 받았더라. 그가 무저갱을 여니 그 구멍에서 큰 화덕의 연기 같은 연기가 올라오매 해와 공기가 그 구멍의 연기로 말미암아 어두워지며, 또 황충이 연기 가운데로부터 땅 위에 나오매 그들이 땅에 있는 전갈의 권세와 같은 권세를 받았더라. 그들에게 이르시되 땅의 풀이나 푸른 것이나 각종 수목은 해하지 말고 오직 이마에 하나님의 인침을 받지 아니한 사람들만 해하라 하시더라. 그러나 그들을 죽이지는 못하게 하시고 다섯 달 동안 괴롭게만 하게 하시는데 그 괴롭게 함은 전갈이 사람을 쏠 때에 괴롭게 함과 같더라."

"조용히 좀 하십시오. 좀비들이 흥분합니다."

경찰의 말 그대로 노인의 목소리가 높아질수록 바깥의 좀비들이 더 세게 문과 유리를 두드려 댔다. 노인은 아랑곳하지 않고. 핏대까지 세우며 외쳤다. 눈을 번들거리며.

"그날에는 사람들이 죽기를 구하여도 죽지 못하고 죽고 싶으나 죽음이 그들을 피하리로다. 황충들의 모양은 전쟁을 위하여 준비한 말들 같고 그 머리에 금 같은 관 비슷한 것을 썼으며 그 얼굴은 사람의 얼굴 같고 또 여자의 머리털 같은 머리털이 있고 그 이빨은 사자의 이빨 같으며…….”

‘쩡!’

노인의 폭풍 같은 설교를 가로막은 건 크고 둔탁한 소리였다. 연지는 편의점 문 쪽으로 고개를 돌렸다. 유리문 위쪽에 금이 가 있었다. 뚱뚱한 좀비가 자신의 잘린 팔로 계속 때려 대던 바로 그 위치였다. 좀비는 지금도 같은 행동을 반복하고 있었다. 금은 삽시간에 유리문 전체로 퍼져나갔다.

“저러다 깨져요!”

탈색이 새된 소리로 외쳤다.

“막아!”

벌떡 일어난 경찰이 진열대로 달려갔다. 테이블이 넘어졌다. 경찰이 무릎으로 친 것이다. 노인과 조희를 뺀 나머지 사람들도 경찰의 뒤를 따랐다. 조희는 어쩔 줄 몰라 하며 서 있었고 노인은 잠시 당황한 표정을 짓더니 이내 목청껏 기도를 토해내기 시작했다.

“하늘에 계신 아버지시여. 오! 여호와 하나님이시여! 황충의 떼가 죽음이 되어 몰려오나니 저들의 간악함을 멸하시고…….”

“진열대 밀어서 문을 막아!”

사람들은 경찰의 말에 일사분란하게 움직였다. 경찰과 탈색이 진열대를 끌고, 연지와 중년 여자가 밀었다. 진열대는 생각보다 묵직했다. 쩡! 쩡! 쩡! 소리가 점점 커졌다. 유리문을 뒤덮은 금은 마치 거미줄 같았다.

"물건들 뺄까요?"

탈색이 물었다.

"안 돼. 가벼워서 저것들 못 막아!"

경찰이 말했다.

"이 영감탱이야! 기도만 처하지 말고 빨리 와서 도와!"

중년 여자가 노인을 향해 외쳤다. 노인은 무아지경에 빠진 듯 눈을 감고 몸을 앞뒤로 흔들며 기도 소리를 높여갔다.

"우리 중 사악한 이가 있다면 그를 제물로 삼아 바치겠사오니 주여, 하늘 영광 보좌에 계신 여호와시여, 부디 이마에 인침 받은 저희를 살려주시옵소서!"

"살려주시옵소서!"

탈색이 손을 번쩍 들며 기도를 따라했다.

"빨리 당겨 새끼야!"

경찰이 외쳤다. 네 사람은 다시 힘을 썼다. 진열대가 조금씩 움직였다. 그때 요란한 소리와 함께 결국 유리문이 깨지고 말았다. 좀비들은 동시에 멈칫하더니 편의점 안으로 들어오려 했다.

'크아아!'

좁은 입구에 좀비가 몰리면서 자기들끼리 낀 채로 버둥거렸다. 뚱뚱한 좀비가 정체에 큰 몫을 했다.

"지금이야!"

경찰이 소리쳤다.

"이야아!"

사람들은 한 목소리로 기합을 넣으며 진열대를 움직였다. 연지도 온 힘을 다해 밀었다. 지금은 이것저것 고민할 때가 아니었다. 어린 조희를 보호하기 위해서라도 좀비들을 막아야 했다. 진열대를 문까지 거의 다 옮긴 순간, 드디어 좀비가 안으로 들어왔다. 바로 그 뚱뚱한 좀비였다. 경찰이 그걸 보고는 힘껏 외쳤다.

"그냥 밀어!"

넷은 입구 쪽으로 진열대를 밀었다. 진열대는 기우뚱하더니 쌓여 있던 과자와 통조림 같은 것들을 토해내며 크게 넘어졌다. 쿵. 뚱뚱한 좀비는 진열대에 머리를 맞고 주저앉았다. 입구를 막아서며 비스듬히 쓰러진 진열대 덕분에 다른 좀비들은 들어오지 못하고 크아아, 크아아 포효만 계속 토해냈다. 뚱뚱한 좀비는 머리가 뭉개진 채로 꼼짝도 하지 않았다. 구멍 난 머리에서 피와 흰색 액체가 섞여서 흘러나왔다.

"아이고 됐네! 됐어!"

중년 여자가 기쁨에 찬 표정으로 연지의 어깨를 잡고 흔들었다.

"네네."

연지도 중년 여자를 향해 슬쩍 웃어 보였다.

"나머지 하나도 옮겨서 벽을 만듭시다."

경찰이 이마의 땀을 훔치며 말했다.

"오! 지옥의 불구덩이에서 올라온 악마의 자손들이 주님의 자녀에게 다가오지 못하게 하시어 그 털끝 하나 잃지 않게 보호하여 주시옵소서."

노인은 그때까지도 계속 기도를 외치고 있었다. 경찰이 그런 노인을 향해 다가가더니 다짜고짜 멱살을 틀어쥐었다. 기도는 그제야 멈췄다.

"잘 들어요. 다시 한번 혼자서 기도나 하고 있으면 인침인지 뭔지 모르겠고 그쪽 먼저 저 새끼들한테 던져버립니다. 알겠어요?"

"네. 수, 숨 막혀……."

노인은 허옇게 질린 얼굴로 버둥거렸다.

"어이구. 구원받았다더니 죽는 건 무서운가 봐?"

중년 여자가 피식 웃으며 말했다.

"어서 옮깁시다."

경찰은 그렇게 말하며 노인의 멱살을 놔줬다. 노인은 컥컥거리다가 슬그머니 진열대를 잡았다. 요령이 생겨서인지 이번에는 처음보다 쉬웠다. 사람들은 첫 번째 진열대 바로 뒤에다가 다른 진열대를 세운 후 약속이라도 한 듯 그 자리에 철퍽 주저앉았다.

"좆나 힘드네."

탈색은 아예 바닥에 벌렁 드러누웠다.

"못 들어오겠지?"

중년 여자가 진열대 너머에서 으르렁거리는 좀비들을 보며 말했다. 딱히 질문이라기보다는 혼잣말에 가까웠다. 좀비들은 자신 앞에 놓인 과자에는 관심도 없이 오로지 사람들만 쏘아보며 계속 포효했다.

"크크. 저 바보들 좆나 웃기지 않아요? 어차피 못 들어올 텐데 저러고 있는 거."

탈색이 킥킥거렸다.

"우리랑 똑같아요."

여태 조용하던 조희가 한 마디를 했다.

"응? 뭐가?"

탈색이 조희에게 물었다.

"유통기한 지나기 전에 우리 잡아먹으려는 것 같잖아요."

조희의 말에 누구 하나 선뜻 대답하지 못했다. 그나마 경찰이 애써 웃으며 말했다.

"조희야, 걱정하지 마. 우리한텐 유통기한 같은 게 없어. 봐봐. 우리 이렇게 튼튼하잖아."

조희는 경찰이 자랑스레 만들어 보인 알통에는 관심을 보이지 않았다. 대신 연지 어깨를 살짝 건드리며 말했다.

"언니, 나 쉬하고 싶어."

"그래? 화장실 나가야 있는데…… 일단, 언니 따라와."

연지는 조희의 손을 잡고 '직원 전용'이라는 팻말이 달린 문으로 향했다.

"거긴 어디야?"

경찰이 연지에게 물었다.

"아! 창고예요. 물건들 쌓아두는 곳."

그렇게 말한 후 연지가 돌아섰을 때 중년 여자의 탄식이 뒤에서 들려왔다.

"이 아까운 걸 다 어째? 김밥이고 라면이고 엎어져서 다 못 먹게 됐네!"

그 말을 들으니 연지도 슬슬 배가 고팠다. 목도 말랐다. 시간이 훌쩍 흐른 만큼 허기가 지는 것도 당연한 일이겠다 싶었다. 그나마 조희라도 삼각김밥을 먹여서 다행이었다.

"조희야, 창고에 화장실은 없지만 언니가 쉬 할 곳을 마련해

볼게."

연지는 그렇게 말하며 문을 열었다. 조희가 연지 손을 꼭 잡았다.

연지가 창고에서 나온 순간 바로 쌍욕이 날아들었다.

"이년이 순 악질 아냐?"

"왜, 왜 그러세요?"

연지는 콧김을 내뿜을 듯 시큰거리는 중년 여자를 향해 물었다.

"이건 뭐야?"

경찰 역시 날선 목소리로 물었다. 그러면서 연지 앞에 도시락과 삼각김밥 몇 개를 들이밀었다.

"아! 그, 그거……."

"혼자만 먹으려고 숨겨둔 거겠지. 사탄의 딸!"

노인이 연지를 가리키며 소리 질렀다. 거기에 반응한 좀비들이 마치 합창이라도 하듯 크아아, 크아아 포효했다. 연지는 당황해서 사람들 얼굴을 번갈아봤다.

"정말이야? 정말 혼자만 먹으려고 숨긴 거야?"

경찰이 다시 물었다.

"우리가 모를 줄 알아? 내가 혹시나 해서 계산대에 가봤는데 이게 있더라? 그것도 밑에 깊숙하게 숨겨놓았데? 안 들키려고!"

중년 여자가 쏘아붙였다.

"아니에요! 그것들 유통기한 지나서 빼놓은 건데."

연지 딴에는 소리를 지른다고 했지만 역시 모기가 엥엥거리는 수준에 지나지 않았다. 사람들은 분노를 담은 눈빛으로 연지를 노려봤다.

"저기요, 아까 말했잖아. 나도 알바해봤다고. 유통기한 지났어도 먹을 수 있잖아. 근데 숨기고 있었단 건 말이 안 되지."

탈색이 말했다.

"손님들한테 절대 팔면 안 된다고 교육받아서…… 점장님한테 야단맞거든요."

"내가 말했지? 저년, 저거 진짜 모자라거나 아니면 모자란 척한다고. 지금 이 상황에서 저 말이 맞아요? 점장님, 점장님 하는 꼴이 말이 되는 거냐고!"

"유통기한 지났어도 알바들은 먹거든요."

탈색이 중년 여자의 말을 거들었다.

"전 제가 먹을 생각 없었어요. 전 배도 고프지 않아요!"

그때였다.

'꼬르륵.'

너무나도 분명하고 선명한 소리가 연지의 뱃속에서 울려 퍼졌다. 사람들 모두 그 소리를 똑똑히 들었다. 경찰은 기가 차다는 표정을 지으며 말했다.

"지금은 서로 도와야 한다는 거 몰라?"

연지는 대답을 하려다가 시계를 힐끔 봤다. 2시 반이었다. 어느새 1시간 반이나 지난 것이다. 울음이 터질 것 같아 입을 꾹 다물었지만 소용없었다. 연지의 눈에서는 눈물이 맺혀 떨어졌다.

"어디서 가식을 떨고 있어? 울면 다야?"

중년 여자는 연지의 뺨이라도 한 대 올려붙일 기세였다.

"그리고 이건 또 뭐지?"

노인이 휴대용 선풍기를 내밀며 물었다.

"아⋯⋯."

"더워 죽겠는데 이것도 숨겨두고 있었어? 좆나 이기적인 인간이네."

탈색이 중얼거렸다.

"그건⋯⋯."

그건 변명의 여지가 없었다. 연지는 고개를 푹 숙였다. 언제나 실수하고, 잘못하고, 사과하고, 또 후회하는 게 일이었다. 이런 자신이, 그리고 이런 상황이 지긋지긋했다. 안 된다고 말했는데도 굳이 밀고 들어와 자기들 마음대로 구는 저 사람들도 지긋지긋했다.

"넌 우리와 같은 편이 될 자격이 없어."

경찰이 판결이라도 내리는 것처럼 말하자 사람들은 동시에 고개를 끄덕였다. 어쩐 일인지 좀비들도 조용했다. 지금 이 순간을 즐기며 지켜보기라도 하는 것처럼.

"유통기한이 다 된 건데…… 그리고 이젠 정말 시간이 없는데……."

연지는 혼잣말을 했다. 억울했지만 역시 큰 소리는 나오지 않았다.

"뭐라고? 들리게 말해!"

중년 여자가 소리쳤다.

"덥고 배고픈데 힘 그만 뺍시다."

노인이 말했다. 사람들은 모두 땀을 줄줄 흘리고 있었다. 유리문이 깨졌다고는 하지만 좀비들이 막고 있는 탓에 바람은 거의 들어오지 않았다. 더운 게 당연했다. 연지는 오슬오슬 소름이 돋은 팔뚝을 쓸어내렸다. 상황 때문인지 덥기는커녕 몸이 떨릴 정도로 추웠다.

"잠깐, 그 애는 어디 있어?"

경찰이 퍼뜩 생각난 듯 물었다.

"어? 그러고 보니 조희라는 애가 없네요."

탈색이 말했다.

"쉬 마렵다고 해서 저년이 창고로 데려간 거잖아. 설마 아직도 오줌 누는 건 아닐 텐데."

중년 여자가 미심쩍은 표정으로 연지를 노려봤다.

"조희 어떻게 했어?"

경찰이 연지에게 물었다.

"제가 보고 올게요."

탈색이 연지를 지나쳐 창고 쪽으로 움직였다.

"거기 직원만 출입할 수 있는데……."

연지가 말했지만 역시 아무도 듣지 않았다.

"거기 또 먹을 거 숨겨놓은 거 있는지 봐봐."

중년 여자가 탈색에게 말했다. 탈색은 창고문을 마음대로 열고 안으로 들어갔다. 경찰이 연지를 향해 성큼 다가왔다. 가까이 서니 확실히 무서웠다. 커다란 덩치와 험악한 인상으로 쏘아보면 어떤 범죄자라도 사실을 털어놓을 수밖에 없을 것 같았다. 연지도 마찬가지였다.

"조희 어디 있어? 빨리 말해."

"창고 안에 작은 창문이 있어요. 거기로 빠져나가게 했어요. 조희는 작아서 충분히 나갈 수 있었거든요."

"뭐? 좀비들이 판치는데 걔 혼자 내보냈다고?"

경찰의 목소리가 커졌다.

"거긴 뒷골목이라 좀비가 없었어요. 제가 다 확인했어요."

"이유가 뭐야? 그 여자애 내보낸 이유가 뭐냐고?"

중년 여자가 따지듯 물었다.

"…… 시간이 없어서요."

연지는 조용히 대답했다.

"또 시간 타령! 무슨 시간이 자꾸 없다는 거야?"

노인이 버럭 소리를 질렀다. 그 순간 창고 안에서 비명이 들려왔다. 사람들이 창고문을 바라봤다. 곧 탈색이 허옇게 질린 얼굴을 하고서는 창고에서 달려 나왔다. 손에는 복숭아 통조림 캔을 들고서.

"무슨 일이야?"

경찰이 묻자 탈색이 통조림을 들어 보였다. 캔에는 검붉은 피가 달라붙어 있었다.

"저, 저기 창고 안에 시체가 있어요! 나이 든 남자가 머리에 피를 잔뜩 흘리고 죽었는데 옆에 이게 있었어요!"

"네가 한 짓이야?"

경찰이 한 손으로 연지의 목을 세게 잡았다.

"네. 저, 점장님이 좀비로 변해서 달려드는 바람에……."

아주 잠깐, 3시간 30분 전의 일이 떠올랐다. 11시 무렵 점장님이 비틀거리며 들어와 연지를 덮치려 했다. 입을 한껏 크게 벌리고선. 연지는 창고로 도망갔고 손에 잡히는 걸 들어 정신없이 점장님의 머리를 내려쳤다. 하지만…….

"뭐라고? 확실히 말해!"

경찰이 연지를 잡고 흔드는 바람에 입고 있던 편의점 조끼가 조금 벌어졌다. 그러면서 어깨 쪽 상처가 드러났다. 연지는 이제 배고픔을 견딜 수가 없었다. 목이 너무 말라 타는 것 같았다. 사람들의 시선이 날아들었지만 얼굴도 붉어지지 않았고 어쩔 줄 몰라 불안하지도 않았다. 그저 배불리 무언가를 먹고 싶을 뿐이었다.

"이 상처는 뭐야?"

그렇게 묻는 경찰의 팔을 잡았다. 힘껏, 아주 세게. 경찰이 놀란 표정으로 연지를 내려다봤다. 연지는 자신의 목에서 경찰의 팔을 떼어낸 뒤 그대로 물었다. 그러고는 바로 살점을 뜯어내 우물우물 씹었다. 탄탄한 근육질의 팔뚝은 끝내주게 맛있었고 잔뜩 밴 피는 갈증을 덜어주기에 충분했다.

"으악!"

경찰이 비명을 지르며 뒤로 물러났다. 연지는 펄쩍 뛰어 경찰에게 매달렸고, 이번에는 목덜미를 물어뜯었다. 피가 분수처럼 솟아올랐다. 경찰은 그대로 쓰러졌다. 사람들의 비명이 연지의 귓가에 울렸다. 경찰의 살을 게걸스레 씹어 먹던 연지가 고개를 들었다. 탈색은 오줌을 지린 채 떨고 있었고, 중년 여자는 경악한 표정으로 꼼짝도 못하고 있었다. 노인은 다시 기도를 외쳐대기 시작했다. 연지는 그들을 보며 인간으로서의 마지막 한 마디를 했다.

"그러게 시간이 얼마 없다고 했잖아요."

숨결

　여자는 단단하게 여문 배를 한손으로 감싼 채 주위를 둘러봤
다. 좀비는 없었다. 텅 빈 거리는 개가 물어뜯다가 싫증이 나 내
던진 헝겊 인형처럼 너덜너덜했다. 바닥에는 검붉은 피와 정체
모를 희끄무레한 액체가 잔뜩 말라붙어 있었다. 시체도 보였다.
대부분 뇌가 으깨진 상태였고 아예 몸통에서 떨어져 혼자 뒹구
는 머리도 있었다. 익숙한 풍경이라 구역질은 나지 않았다. 다만
그악스레 시체에 달라붙어 붕붕 소리를 내는 파리 떼가 신경 쓰
일 뿐이었다. 웃기는 일이었다. 사지가 뜯겨나간 시체보다 파리
가 더 거슬린다니.

　건물 입구에 좀비가 없다는 걸 확인했지만 여자는 조심스레

움직였다. 놈들은 어디서 튀어나올지 모른다. 좀비는 느리고 어기적거렸지만 적어도 출산이 임박한 자신보다는 빨리 움직일 거라고, 여자는 생각했다. 그러니 조심할 수밖에 없었다.

진통이 시작된 건 2시간 전이었다. 이제는 배가 아픈 걸 넘어 정신이 아득해질 지경이었다. 숨을 쉴 때마다 새롭게 갱신되는 통증이 온몸을 뒤흔들었다. 까무러칠 것 같다가도 그 통증 덕분에 다시 정신을 차리는 일이 반복됐다. 다행이라면 다행이었다.

여자는 힘겹게 한 발을 내딛었다. 오른손에 든 골프채를 바닥에 질질 끌면서. 왼손으로는 배를 가렸는데, 감쌌다기보다는 받치고 있다는 표현이 더 어울렸다. 그렇게 하지 않으면 안에 든 그것이 금세 밑으로 쏟아져 내릴 것 같았다. 그럴 수는 없었다. 아무것도 없는, 아니 언제 좀비가 나타날지 모르는 이 거리에서 '소라'를 출산할 수는 없었다.

"소라야."

여자가 태명을 부르며 배를 쓰다듬으면 소라는 힘차게 발길질을 했다. 그럴 때면 여자는 충만한 행복과 동시에 끈적끈적 달라붙는 불안감도 느꼈다. 자신 안에서 소라가 자라고 있고 머지않아 만나게 된다는 사실에는 더없이 행복했다. 다만, 이 세상에 소라와 자신뿐이라는 현실 앞에서는 불안할 수밖에 없었다.

한때는 애인이었던 그 새끼는 임신 사실을 알리자마자 연락을 끊고 어딘가로 사라졌다. 여자는 그런 놈에게 미련을 두지 않았다. 가족 하나 없는 여자였지만 그래서 오히려 더 단단했고 흔들림이 없었다. 그럼에도 해결해야 할 문제가 많았고, 그 문제는 출산이 임박할수록 점점 더 커졌다.

그런 여자에게 좋은 소식이 날아든 건 2개월 전이었다. 미혼모 특례로 작은 아파트에 입주할 수 있게 된 것이다. 여전히 문제는 많이 남아 있었지만 소라와 둘이서 살 쾌적한 환경의 집이 생겼다는 사실만으로도 충분히 기뻤다. 왠지 다른 일도 술술 해결될 것 같았다. 어쩌면 다니던 공장에서 육아휴직을 줄지도 모를 일이었다. 공장장은 긍정적으로 생각하는 것 같았다. 그때는 몰랐다. 그렇게 희망을 품으며 소라를 향해 말을 걸 때는 짐작도 하지 못했다.

한 달 후에 좀비 바이러스가 창궐하리라고는…….

여자는 산부인과 간판을 올려다본 뒤 건물 안으로 들어갔다. 의사가 있을 리 만무했다. 있다면 그건 좀비일 테고 그러면 골프채로 머리를 깰 수밖에 없었다. 여자에게 필요한 것은 다리를 벌리고 누울 침대와 탯줄을 자를 가위, 그리고 지혈을 위한 충분한 양의 수건이었다. 며칠 동안 찾아 헤맨 결과 여자는 이 건물에서 산부인과를 발견했다. 아마 침대와 가위, 수건은 있을 터였다. 좀비만 없길 바랄 뿐이었다.

초음파로 처음 만난 아기는 팔다리를 잔뜩 웅크리고 있었다. 그 모양이 꼭 소라 같아서 태명을 소라로 지었다. 여자는 꼬박꼬박 산부인과에 가 소라를 봤다. 엄지손톱보다도 작던 아이는 뱃속에서 무럭무럭 자랐다.

"아기가 참 건강해요. 출산까지 얼마 안 남았으니 잘 쉬면서 운동도 틈틈이 하시고 무엇보다 맛있는 거 많이 드세요."

그것이 담당 의사와의 마지막 만남이었다. 다음 검진일이 다가오기 전 정체불명의 바이러스가 퍼졌고 이후 세상은 지옥으로 변했다. 눈 깜박할 새였다.

여자가 좀비와 처음으로 마주한 것은 전국적으로 팬데믹이 선포된 바로 다음 날이었다. 바이러스에 감염된 사람들이 매우 폭력적으로 변해 타인을 공격하고 있으니 외출을 삼가라는 안내 방송과 메시지가 계속 나오던 때였다.

'쾅! 쾅! 쾅!'

누군가가 여자의 반지하 집 현관문을 두드렸다. 앵커가 격양된 목소리로 뉴스를 전하던 순간이었다.

"세계보건기구에서 이번 바이러스를 좀비 바이러스라 공식적으로 인정하며……."

"누, 누구세요?"

여자는 힘겹게 몸을 일으켜 현관문으로 다가갔다.

'쾅! 쾅! 쾅!'

검은색 섀시로 된 문은 낯선 이의 공격 앞에 바들바들 떨고 있었다. 금방이라도 왈칵 열릴 것 같았다.

"누구시냐고요?"

여자가 목소리를 높이자 문을 두드리던 이도 동작을 멈췄다. 잠시 후, 귀에 익은 목소리가 들렸다.

"문…… 좀 열어줘."

주인아주머니였다. 그러고 보니 간유리 너머로 팝콘처럼 부푼 파마머리가 비치는 듯도 했다.

"무슨 일이세요?"

여자가 물었다.

"큰일 났어. 그러니까 빨리 좀……."

주인아주머니의 목소리는 평소와 달리 잔뜩 잠겨 있었다. 빌라 구석구석을 살피며 큰 목청으로 세입자 흉을 보는 게 주인아주머니의 일과였다. 여자는 잠시 망설이다가 조심스레 문을 열었다. 힘없는 그 목소리가 마음에 걸렸다.

"저도 뉴스 봤어요. 큰일……."

여자는 입을 벌린 채로 딱 굳었다. 문 앞에 선 주인아주머니의 몰골은 그야말로 끔찍했다. 얼굴은 물론이고 팔과 다리에도 피가 튀어 있었다. 회색 원피스의 앞섶이 축축했는데 그게 피라는 걸 어렵지 않게 짐작할 수 있었다. 옷을 흠뻑 적실 정도의 피는 주인아주머니의 목에 난 상처에서 흘러내리고 있었다. 뜯겨나간 살점 아래로 뼈가 보일 정도로 깊은 상처였다.

"나 물 줘. 목이 너무 말라."

주인아주머니는 탁한 눈빛으로 여자를 보며 말했다.

"괜찮으세요?"

여자가 서둘러 주인아주머니에게로 다가가려던 그때, 뉴스 앵커 목소리가 또 한 번 커졌다.

"다시 한번 말씀드립니다. 상처를 입은 사람에게는 접근하지 마십시오. 감염자에게 물린 사람 역시 바이러스에 감염이 되어 이른바 좀비로 변한다는 사실이 밝혀졌습니다. 좀비가 된 감염자는……."

여자는 멈칫한 상태로 주인아주머니를 바라봤다. 순간 주인아주머니의 고개가 푹 꺾였다. 그 상태로 꼼짝도 하지 않았다. 가쁘게 오르내리던 가슴도 움직임을 멈췄다. 말 중간에 섞여 들어가던 힘겨운 숨소리도 더는 들리지 않았다.

재빨리 문을 닫으려고 여자가 손을 뻗었을 때였다.

'스윽.'

주인아주머니가 집안으로 들어왔다. 비척거리면서도 한 발을 성큼 내딛는 그 움직임은 묘하게 재빨랐다.

"아!"

여자는 주춤주춤 뒤로 물러났다. 주인아주머니는 신발도 벗지 않은 채 거실로 올라섰다. 그러고는 괴상한 소리를 내며 고개를 주억거렸다. 팔을 앞으로 뻗었다. 피범벅이 된 손이 자꾸만 허공을 틀어쥐었다. 여자는 그 동작을 보며 알아챘다. 주인아주머니가 잡아채고 싶어 하는 건 바로 자신이라는 사실을.

"나, 나가⋯⋯."

그렇게 말하려다가 소용없다는 걸 깨달은 여자는 황급히 주위를 살폈다. 무기가 될 만한 걸 찾아야 했다. 없었다. 보이는 거라고는 빈 생수병과 플라스틱 쓰레기통뿐이었다. 다시 둘러봤다. 그 사이 주인아주머니가 바로 곁으로 다가왔다. 여자는 본능적으로 배를 감쌌다. 그 순간 가스레인지 위에 올려둔 프라이팬이 눈에 들어왔다.

여자가 프라이팬을 집어든 것과 주인아주머니가 달려든 것은 거의 동시였다.

"악!"

여자는 주인아주머니에게 밀려 쓰러지면서도 힘껏 프라이팬을 휘둘렀다. 여자는 엉덩방아를 찧었다. 주인아주머니는 휘청하더니 금세 균형을 잡았다. 다만 프라이팬에 맞은 왼쪽 관자놀

이가 완전히 뭉개졌을 뿐이었다. 그런 것쯤은 상관도 없다는 듯 주인아주머니는 여자를 덮쳐왔다. 이제는 절대 인간이라 우길 수 없는 포효를 내지르며.

"크아아!"

여자가 주저앉은 채로 다시 프라이팬을 휘둘렀다. 이번에는 아래에서 위로, 프라이팬을 비스듬히 세워서.

'퍽!'

프라이팬의 둥근 테두리가 턱을 때리자 주인아주머니의 머리가 홱 젖혀졌다. 여자는 그 틈을 타 몸을 빼내려 했다. 배가 주인아주머니의 허벅지에 걸렸다. 아무리 힘을 써도 깡마른 주인아주머니를 밀어낼 수 없었다.

"크아아!"

주인아주머니는 여자의 목덜미를 물어뜯으려 했다. 금니 세 개가, 상황과는 어울리지 않게 철없이 반짝였다. 시커멓게 변한 혀가 입안에서 거머리처럼 꿈틀거렸다. 여자는 배를 감싸고 있던 왼손을 뻗어 주인아주머니의 공격을 간신히 막았다. 프라이팬을 다시 들어 올렸다. 그때였다. 프라이팬의 앞부분이 툭, 하고 맥없이 떨어졌다. 여자의 손에 남은 건 연결 부위가 비죽 튀어나온 손잡이뿐이었다.

"아……."

미처 탄식을 끝맺기도 전에 주인아주머니가 아가리를 여자의 얼굴 바로 위까지 들이밀었다. 뚝. 피 섞인 침 한 줄기가 뺨에 떨어졌다. 온몸에서 힘이 빠져나갔다. 너무 무서워 아무런 생각도 할 수 없었다. 머릿속이 하얘졌다. 주인아주머니는 꺽꺽 소리를 내며 입을 쩌억 벌렸다. 그 순간, 소라가 배를 찼다. 정신이 번쩍 들었다. 한 번 더, 소라는 여자의 배를 힘껏 찼다. 여자는 오른손에 힘을 줬다. 프라이팬 손잡이를 꽉 쥐고 온 힘을 다해 앞으로 뻗었다. 푹. 손잡이의 뾰족한 끝부분이 주인아주머니의 눈알을 꿰뚫었다.

"끄윽."

트림 같은 소리를 내며 주인아주머니가 몸을 부르르 떨었다. 감전이라도 된 것처럼. 그게 마지막이었다. 눈과 코와 입에서 동시에 피를 쏟아내며 주인아주머니는 고꾸라졌다. 그 피를 뒤집어쓴 채 숨을 고르던 여자는 주인아주머니를 밀쳐내며 일어났다. 잘했다는 듯 소라가 툭툭 가볍게 배를 찼다. 그때부터였다. 소라를 지키기 위해 여자가 좀비들과 맞서 싸우기 시작한 것은.

건물 안은 어두웠다. 불과 한 달 사이에 세상의 모든 게 멈췄다. 참으로 이상한 일이라고, 여자는 생각했다. 그토록 탄탄해 보이던 것들이 일순간에 무너지다니. 바이러스 앞에서는, 그리고 좀비 앞에서는 모두가 속수무책이었다. 인간의 손이 며칠 닿지 않은 것만으로도 수도와 전기, 가스, 그리고 통신과 인터넷이 다 끊겼다. 소수의 생존자들이 시스템 복구를 위해 애쓰고 있다는 소식을 들은 게 보름 전이었다. 그리고 그것이 마지막 라디오 방송이었다.

물론 희망적인 일도 있었다.

어젯밤, 헬기 소리가 들린다 싶더니 노란색 종이가 은행잎처럼 거리에 떨어져 내렸다. 군에서 뿌린 전단지였다. 숨어 있던 코인 빨래방에서 나온 여자는 그 전단지를 주워 읽었다.

– 생존자들에게 알림. 내일 17시 정각 구조 작업 시작. 군 병력 동원 예정.

자세한 내용은 다 빠져있었지만 구조가 된다는 사실 자체가 중요했다. 하루만 더 버티면 될 터였다, 하루만. 여자는 식량이 다 떨어져 가는 걸 알면서도 은신처로 삼은 코인 빨래방을 벗어나지 못하는 상황이었다. 애써 찾은 산부인과가 바로 건너편에 있었기 때문이었다. 게다가 밤에는 대형 세탁기 안에 들어가 잘 수 있어 안전했다. 남은 초코바 두 개와 소시지 세 개를 최대한 아껴먹으며 예정일까지 버틸 생각이었다.

"소라야, 이젠 안심해도 돼. 군인 아저씨들이 구해 준대. 너랑 엄마랑 안전한 곳에서 만날 수 있을 거야."

여자는 기쁨과 희망에 찬 목소리로 소라에게 말을 걸었다. 마음이 놓였다. 아니, 마음을 놓았다. 어쩌면 그래서일지도 모른다고, 여자는 건물 계단을 오르며 생각했다. 마음을 턱 놓아버렸기에 예상치 못한 진통이 찾아온 것일지도…….

"아니야."

여자는 중얼거렸다. 신음이 흘러나오려는 걸 간신히 참으며.

"소라가…… 소라가 엄마를 빨리 만나고 싶어서 그런 거야."

그렇게 생각해야 고통을 참을 수 있었다. 모든 걸 자신의 잘못이나 실수로 돌리며 후회하는 건 이제 지긋지긋했다. 보육원 시절부터 그리 살아왔지만 이제는 그러지 않을 작정이었다. 소라를 임신한 것도 여자의 선택이었고, 포기하지 않은 것도 여자의 선택이었다. 지난 한 달을 악착같이 버티며 살아남은 것도 역시 여자의 선택이었다.

'잘하고 있어.'

여자는 자신을 향해 속삭였다.

'그리고 잘할 거야.'

다시 한번, 진심을 담아 이야기했다. 산부인과가 있는 7층까지는 이제 서너 계단밖에 남지 않았다. 여자는 잠시 멈춘 후 숨을 골랐다. 유튜브에서 본 라마즈 호흡법을 떠올리려 했지만 소용없었다. 점점 심해지는 진통 속에서 느리게 호흡해야 하는지 빠르게 호흡해야 하는지 하나도 기억나지 않았다. 그저 헐떡대는 게 전부였고, 그마저도 힘겨웠다. 다만, 이제 정말 시간이 얼마 남지 않았다는 것만은 분명했다. 자궁이 열리는 느낌이 들었다. 허리가 끊어질 것 같았다. 17시까지 얼마나 남았는지 몰라도 군인들이 출동하기 전에 소라가 먼저 나오리라는 것도 분명한 사실이었다.

여자는 골프채를 지팡이 삼아 7층 복도로 들어섰다. 난장판이었다. 깨진 유리가 바닥에 가득했다. 그 유리를 밟지 않으려 애쓰며 이동했다. 좀비는 소리에 예민했다. 7층에 어슬렁거리는 좀비가 있다면 작은 소리에도 반응할 것이다. 그건 여자가 가장 경계해야 하는 일이었다. 바이러스 창궐 초기, 전문가마다 좀비의 특성을 달리 말해 혼란이 커졌다. 놈들의 움직임이 느리니 충분히 통제 가능하다고 낙관하는 이도 있었다. 모르는 소리였다. 좀비들은 태엽 풀린 장난감처럼 느리게 움직이다가도 먹잇감 앞에서는 재빨랐다. 여자는 직접 좀비를 상대하며 그것들이 어떤 존재인지 몸으로 익혀갔다. 청각과 달리 시각은 좋지 않다는 것도, 그래서 어둠 속에서는 더 굼뜨다는 것도, 인간보다 힘이 세다는 것도 그렇게 알게 된 정보들이었다.

산부인과는 복도 오른쪽 제일 구석에 있었다. 정형외과와 소아과를 지나야 했다. 여자는 벽에 거의 기대다시피 해서 천천히 움직였다. 마음은 이미 산부인과로 가 있었지만 몸이 따라주지 않았다. 벽에는 핏자국이 가득했다. 그중에는 작은 크기의 손바닥도 찍혀 있었다. 참상은 소아과도 피해가지 못한 모양이었다.

"끄응."

여자는 자기도 모르게 신음을 토해내고 서둘러 입을 막았다. 오금에 힘이 풀렸다. 주저앉을 뻔했지만 벽을 짚고 간신히 버텼다. 상황을 살폈다. 어딘가에서 인기척이 들린 것도 같았다. 골프채를 고쳐 쥐었다. 여자와 소라를 몇 번이나 구해 준 골프채는 길에서 우연히 주웠다. 원래 은빛으로 반짝였던 헤드는 이제 완전히 검붉은색으로 변했다. 가볍고, 단단한 무기였다.

'파직.'

소리가 들렸다. 착각이 아니었다. 누군가, 아니 무언가가 유리를 밟았다.

'파직.'

여자는 소아과 쪽으로 고개를 돌렸다. 소리는 거기서 흘러나왔다.

'파직.'

점점 가까워졌다. 숨을 곳은 없었다. 온몸이 땀으로 젖었다. 입술을 어찌나 세게 물었는지 피가 새어 나올 정도였다. 여자는 엉거주춤 자세를 낮춘 채 양손으로 골프채를 들어 올렸다.

'파직.'

소아과 안에서 좀비가 걸어 나왔다. 자그마한 키에 샛노란 티셔츠를 입은 소년이었다. 여섯 살이나 되었을까? 티셔츠에 프린트 된 해맑게 웃는 스펀지 밥과 달리 소년은 여자를 보며 으르렁거렸다.

"제발…… 제발 오지 마."

여자의 애원과 달리 소년은 멈추지 않았다. 반소매 밑으로 드러난 오른쪽 팔은 시계까지 찬 왼팔과 달리 손목 아래가 없었다. 토라진 아이의 입술처럼 비죽 튀어나온 흰색 뼈가 유독 도드라져 보였다. 여자는 소년을 향해 골프채를 겨눈 채 슬금슬금 옆으로 이동했다. 지금껏 여러 좀비를 상대했다. 남자도, 여자도, 노인도, 그리고 좀비인지 인간인지 확실히 알 수 없는 존재도 있었지만 아이는 처음이었다. 좀비는 그저 괴물일 뿐이고 더는 숨조차 쉬지 않는 시체라는 사실을 알면서도 아이를 공격하는 건 망설여졌다. 다행히 소년은 어른 좀비에 비해 걸음이 더 느렸다. 4층에 남은 좀비가 소년밖에 없다면 골프채를 휘두르지 않아도 산부인과에 갈 수 있을 것 같았다.

그때였다.

'삐이익 삑삑! 삐이익 삑삑!'

날카롭고 선명한 소리가 복도에 울려 퍼졌다. 소년의 손목시계에서 터져 나오는 알람이었다. 거기에 화답하듯 더 끔찍한 소리가 들렸다.

'크아아!'

좀비의 포효였다. 한두 마리가 아니었다. 놈들이 소아과에서 빠져나와 몰려오고 있었다. 여자는 알 것 같았다. 복도에 좀비들이 돌아다니지 않았던 이유를. 그것들은 소년의 손목시계 알람 소리에 이끌려 소아과 안에 득시글거리고 있었던 것이다.

"크아아!"

소년도 포효했다. 그런 소리를 낼 때의 좀비들은 꼭 맹수 같았다. 작고 어린 맹수 뒤로 진짜 포악한 것들이 하나둘 모습을 드러냈다. 좀비들은 무너지기 일보 직전의 젠가처럼 몸 구석구석 빈틈이 많았다. 팔다리가 없거나, 얼굴이 찢어져 너덜거리거나, 갈라진 배 사이로 내장이 흘러내리거나. 그럼에도 여자를 공격하기에는 충분해 보였다. 좀비들은 계속 쏟아져 나왔다.

"젠장."

여자는 다시 입술을 깨물었다. 좀비들로 가로막힌 이상 산부인과에 갈 수는 없었다. 그렇다고 계단으로 돌아내려 가 건물을 빠져나갈 수도 없는 상태였다. 숨을 쉬기조차 힘들 정도로 배가 아팠다. 밑이 빠질 것 같았다. 저절로 눈물이 흘러내렸다. 여자는 좀비보다 더 어기적거리며 뒷걸음질 쳤다. 조금이라도 빨리 움직였다가는 소라가 바로 나올 것 같았다. 크아아. 좀비들은 모처럼 발견한 먹잇감을 놓치지 않으려는 듯 여자에게서 시선을 떼지 않았다. 빨갛게 충혈된 눈동자 수십 쌍이 거리를 좁혀왔다. 칼로 쑤시는 듯한 날선 통증이 배를 관통했다.

"아!"

여자는 멈칫했다. 가랑이 사이가 뜨끈하게 젖어 왔다. 말간 물이 여자의 허벅지를 타고 바닥으로 후드득 떨어졌다.

'양수가 터졌다!'

그 사실을 직감한 순간, 모든 것을 압도하듯 우렁찬 소리가 밖에서 들려왔다.

'두두두두!'

헬기 소리였다. 크아아. 좀비들은 소리가 들어오는 복도 창문 쪽으로 일제히 고개를 돌렸다. 여자는 망설였다. 일련의 동작이 번개처럼 머릿속을 스치고 지나갔다. 창문으로 달려간다, 문을 연다, 살려달라고 소리친다, 그 다음에는…….

…… 그 다음에는 대책이 없었다. 애초에 창문까지 가기도 힘들었다. 좀비들은 곧 자신을 향해 달려들 것이다. 헬기 소리는 다가올 때 그랬던 것처럼 빠르게 멀어졌다. 좀비들이 다시 고개를 돌리려 했다. 여자는 창문과 좀비, 그리고 몇 미터 뒤에 있는 정형

외과 입구를 차례로 바라봤다. 조금이라도 시간을 벌어야 했다.

여자는 유일한 무기인 골프채를 창문을 향해 던졌다. 요란한 소리와 함께 복도 창문 한 장이 박살났고 골프채는 7층 아래로 떨어졌다. 좀비들의 고개가 다시 홱 돌아갔다. 여자는 그 순간을 놓치지 않고 뒤뚱뒤뚱 걸어 정형외과 안으로 들어갔다. 텁텁한 어둠이 여자를 에워쌌다.

평범한 가정을 꾸리는 게 어린 시절 여자의 꿈이었다. 자신을 버린 부모는 그걸 하지 못했다. 그래서 여자는 초등학교 사생 대회에서 삼각형의 빨간색 지붕이 달린 집과 환하게 웃는 네 명의 가족을 그렸다. 주제는 장래 희망이었다. 아무런 상도 받지 못했지만 여자는 자신의 그림이 썩 마음에 들었다. 그림을 자꾸 들여다보면 꿈을 이룰 수 있을 것만 같았다.

만 18세가 되어 보육원에서 나와야 했을 때, 아무런 준비도 없이 현실에 던져졌을 때, 여자는 비로소 깨달았다. 자신의 꿈을 이루기 위해서는 큰 노력과 행운이 뒤따라야 한다는 사실을. 그리고 자신은 출발선에서부터 이미 뒤처졌다는 사실 역시 깨달았다. 아니, 뒤처진 게 아니라 애초에 출발선 자체가 달랐다.

"평범한 가정? 야! 말이 되는 소리를 해. 평범하게 살아봤어야 평범한 가정이고 나발이고 만들 거 아냐. 안 그래?"

연락이 두절된 애인은 비웃음을 숨기지 않은 채 말했다. 그 역시 보육원 출신이었다.

"어쩌려고 그랬어?"

소라를 임신했다는 사실을 주위에 알렸을 때 제일 많이 들었던 게 그 말이었다. 질문인 듯 질문 아닌 그 말 속에는 걱정을 가장한 힐난이 담겨 있었다. 보육원 원장님도 그랬고, 공장에서 사귄 동료들도 그랬다. 별 반응 없이 고개만 끄덕인 것은 의외로 공장장이었다. 쉰을 훌쩍 넘긴 그는 잔소리 대마왕으로 불렸다. 걸핏하면 버럭버럭 소리를 질러 고혈압이라는 별명도 붙어 있었다. 저러다가 혈압 올라서 픽 하고 죽을 걸, 누가 그런 말을 했고 여자를 포함해 주위 사람 모두 크게 웃었다. 공장장은 이제 막 부풀기 시작한 여자의 배를 힐끔 보더니 더듬거리며 한마디를 던졌다.

"그, 그 뭐냐…… 엽산 있지? 동사무소 가면 그거 공짜로 준다더라. 꼭 챙겨 먹어."

그 말이 뭐라고 여자는 용기를 얻었다. 삼각형의 빨간색 지붕 아래 살지는 못하겠지만 그림이야 언제든 다시 그리면 그만이었다. 평범한 가정 역시 자신이 정의하기 나름이라고, 여자는 긍정적으로 마음먹었다. 아이와 둘이 살아도 얼마든지 평범하게, 행복하게 살 수 있으리라고. 그랬는데…… 세상 전체가 평범

함과는 한참 멀어져 버렸다. 이제 여자의 꿈과 목표는 아주 단순해졌다. 건강한 모습의 소라와 만나는 것. 여자는 소라에게 보여주고 싶었다. 가을 저녁의 근사한 노을과 청명한 하늘에 걸려 유유히 흘러가는 구름 같은 것들을. 무엇보다, 그 아이의 귀에 대고 직접 속삭여 주고 싶었다. 자신은 한 번도 들어보지 못했던 말을.

"사랑해."

'끙.'

여자는 정형외과 접수대에 기댄 채 통증을 삼켰다. 정형외과 안은 창문에 짙은 선팅이 되어 있어 지독하게 어두웠다. 헉헉. 거친 숨을 내쉬며 여자는 접수대 서랍을 마구 뒤졌다. 문구용 가위가 손에 잡혔다. 그걸 들었다. 어두웠지만 물리치료실이 어디인지는 알아볼 수 있었다.

'소라야. 조금만 참아줘.'

그렇게 되뇌며 여자는 물리치료실로 향했다.

"으윽."

신음이 비어져 나왔다. 눈앞이 흐려졌다. 몸을 가누는 것도 불가능했다. 하체에 힘이 빠지며 주저앉을 뻔했지만 침대 난간을 잡고 간신히 버텼다. 다행히 좀비는 보이지 않았다. 멀쩡한 침대가 몇 개 없었다. 대부분 매트리스에 피가 범벅이었고 일부는 아예 뒤집혀 있었다. 저만치 커튼을 쳐놓은 침대가 보였다. 여자는 사력을 다해 거기까지 갔다. 커튼을 쥐었다. 젖혔다.

"크아아!"

좀비가 울부짖었다. 비쩍 마른 할아버지가 견인치료기에 목이 고정된 채 버둥거리는 중이었다. 어둠 속에서도 새빨간 눈은 형형하게 빛났다.

'크아아!'

'크아아!'

다른 좀비들의 포효가 잇따랐다. 복도를 서성이던 놈들이 정형외과로 들어오고 있는 듯했다.

여자는 커튼을 쥔 채로 끝내 무너지고 말았다. 다리에 더는 힘이 들어가지 않았다. 진통을 참아내느라 호흡이 거칠어졌고, 그 탓인지 심장도 불규칙하게 뛰었다. 무엇보다 의식이 점점 멀어지려 했다.

"안 돼……."

모로 쓰러진 채로 여자는 고통을 못 이겨 숨을 헐떡였다. 좀비들의 발소리가 가까워지고 있었다. 침대 위 좀비는 여전히 요란한 소리를 내며 발광하는 중이었다. 바닥에 멍하니 누워 놈들의 밥이 될 수는 없었다.

"으아악!"

참을 수 없는 통증이 척추를 훑고 지나갔다. 이제는 하체에서 피가 쏟아졌다. 여자의 눈에 '물품 보관실' 명패가 달린 문이 들어왔다. 그곳을 향해 기기 시작했다. 여자가 힘겹게 길 때마다 바닥에 핏줄기가 그려졌다. 이를 악물고 오직 물품 보관실 문만 바라본 채 기고 또 기었다. 조금만 더…… 조금만 더…….

'쿵!'

갑자기 들린 또 다른 소리에 여자는 뒤를 돌아봤다. 견인치료기에 묶인 줄로만 알았던 좀비가 바닥에 떨어졌다. 한때 광활한 이마를 가로질렀을 게 분명한 옆쪽 머리카락이 미역처럼 늘어져 얼굴을 반쯤 가린 채로 할아버지는 여자를 노려봤다. 침대에서 떨어지며 무릎이 부서진 그 좀비가 여자를 향해 기어왔다. 크아아. 이빨을 박아 넣고 싶어 못 참겠다는 듯 속 깊은 곳에서부터 끌어올린 포효를 내지르며.

여자는 비스듬히 몸을 누인 채 오로지 팔 힘만으로 전진했다. 이번에는 좀비가 조금 더 빨랐다. 놈은 이제 막 건전지를 갈아 끼운 장난감처럼 사지를 힘차게 움직였다. 금세 따라잡힐 것 같았다. 여자는 바닥에 널브러진 물건을 손에 잡히는 족족 던졌다. 슬리퍼, 베개, 텀블러, 핸드폰. 그중에 좀비에게 타격을 줄 만한 건 없었다.

"크아아!"

206

결국 좀비에게 발목을 잡히고 말았다. 여자는 그걸 떨쳐낼 힘도 없었다.

"놔. 놔."

힘없이 그렇게 중얼거리는 게 다였다. 벌렁 몸을 뒤집어 천장을 보고 누웠다. 좀비가 다리를 짚으며 천천히 올라왔다. 여자는 필사적으로 바닥을 더듬었다. 가위를 들고 있었지만 탯줄을 잘라야 하는 소중한 물건을 좀비 피로 적실 수는 없었다. 여자의 손끝에 딱딱한 무언가가 닿았다. 생각도 하지 않고 그걸 집어 들었다. 목발이었다. 무겁고, 단단하고, 야무졌다. 여자는 목발의 아래쪽 끝을 잡고 좀비의 머리를 그대로 내려쳤다. 푸욱. 좀비의 이마가 움푹 들어갔다. 한 번 더, 내려쳤다. 또 한 번 더, 그리고 한 번 더. 픽! 픽! 픽! 머리가 깨지며 좀비의 뇌가 드러났다. 마지막이라는 생각으로 목발을 휘둘렀다. 피와 진득한 액체가 튀며 쪼글쪼글한 뇌가 터져 나갔다. 앞으로 쓰러지려는 좀비를 피해 여자는 다시 몸을 돌렸다. 그 순간 참을 수 없는 진통에 비명을 지르고 말았다.

"으악!"

'크아아!'

좀비들은 이미 정형외과 안까지 들어온 모양이었고 방금 여자의 비명은 신호와 다름없었다. 여기에 먹잇감이 있다는 신호.

여자는 손가락을 세워 그야말로 바닥을 긁으며 물품 보관실로 기어갔다. 손톱이 부러지며 피가 났지만 아프지도 않았다. 그 정도 아픔은 지금의 여자에게 아무런 영향도 주지 못했다. 배가 찢어질 것 같았고, 아랫도리는 뜨겁게 불타올랐다.

간신히 물품 보관실까지 들어간 여자는 문을 닫으려 했다. 문은 손잡이가 완전히 떨어져 나가 닫히지 않았다. 할 수 없었다. 문과 씨름할 상황이 아니었다. 오지랖 넓은 동네 슈퍼 아줌마의 입처럼 3분의 1쯤 열린 문을 뒤로하고 여자는 맨 구석까지 기어갔다. 물품 보관실에는 수건과 침대 시트가 넉넉하게 쌓여 있었다. 그것들을 대충 바닥에 깐 다음 거기 누웠다. 원피스 자락을 끌어올리고 속옷을 내렸다. 그 간단한 동작조차 손이 너무 떨려 쉽게 해내지 못했다. 그 사이 좀비들이 물리치료실 안으로 들어왔다.

'크아아!'

소리를 내면 끝이다.

그 사실을 잘 아는 여자는 입에 수건을 물었다. 그러고는 배에 힘을 줬다. 전과는 비교도 할 수 없는 통증이, 기다리고 있었다는 듯, 마치 이 순간만 학수고대했다는 듯 여자의 전신을 때렸다.

'별인가?'

'아니면······ 폭죽인가?'

눈앞에서 섬광이 번쩍였다. 뼈가 튀어나올 듯 주먹을 쥐었다. 참을 수가 없었다. 불에 달군 칼이 아랫도리를 지지며 동시에 마구잡이로 헤집어 놓는 것 같았다. 등이 활처럼 휘었다. 다시 배에 힘을 줬다. 조금만 더, 한 번만 더 힘을 주면 끝날 것 같은데 그게 벌써 몇 번째였다. 죽을 것 같았고, 차라리 죽었으면 좋겠다는 생각을 잠깐 했다. 끔찍한 고통 속에서. 좀비들은 으르렁거리며 물리치료실 안을 돌아다니고 있었다. 조금이라도 소리를 냈다가는 저것들이 몰려올 것이다. 그 생각 하나만으로 터져 나오려는 비명을 참았다. 으으. 신음도 참았다. 아래쪽에서는 무언가가 계속 흘러내렸지만 정작 소라는 나오지 않았다.

'포기해.'

여자의 머릿속에서 누군가가 속삭였다.

'넌 그냥 죽을 거야.'

여러 사람의 각기 다른 목소리였다.

'좀비에게 잡아먹히거나 고통에 못 이겨 죽거나 둘 중 하나일 거라니까.'

목소리들은 집요했다.

'끝났어. 출발부터 잘못되었단 거, 너도 알잖아?'

목소리 속에는 비웃음이 들어 있었다.

'그러게, 어쩌려고 그랬어?'

꺼져! 그렇게 외치는 대신, 여자는 이를 악물고 배에 힘을 줬다. 지금 해야 할 일을 했다. 순간 환한 빛이 여자를 감쌌다. 아지랑이처럼 풍경 하나가 피어올랐다. 해변이었다. 고운 모래 알갱이가 햇빛을 받아 반짝이고 있었다. 여자는 해변에 서서 바다를 바라봤다.

"여기 바다야?"

옆에서 작은 목소리가 들렸다. 여자는 고개를 돌려 내려다봤다. 자신을 닮은 아이가 서 있었다. 분홍빛으로 반짝이는 볼은 통통했고 큰 눈에는 호기심이 가득 들어 있었다.

"응. 바로 여기가 바다야."

여자는 아이를 안아 올렸다. 햇빛이 오래 머문 아이의 머리에서는 고소하고 달콤한 냄새가 났다. 마치 잘 익은 빵처럼. 그 아이의 목덜미에 코를 박고 한껏 숨을 들이쉬었다. 아이의 심장이 콩닥콩닥 뛰었다. 그 움직임이 고스란히 느껴졌다. 아이의 통통하고 보드라운 손이 하늘을 가리켰다.

"구름 소라 닮았어."

소라고둥과 비슷하게 생긴 커다란 구름이 새파란 하늘 위에 유유히 떠서 흘러가는 중이었다. 맑고 쾌청한 날이었고 시원한 바람이 불어왔다.

"그러네. 구름이 소라 닮았네."

여자가 말하자 아이는 소리 없이 웃었다. 입안에는 손톱처럼 작고 귀여운 앞니 몇 개가 나 있었다.

"소라, 바다에 있고 하늘에도 있어."

아이가 말했다.

"우리 소라는 모르는 게 없네."

여자는 아이를 꼭 끌어안았다. 아이가 여자의 목에 살며시 팔을 둘렀다. 그러고는 비밀 이야기라도 하듯 속삭였다.

"나는 여기 지금 엄마랑 있어."

뜨거운 무언가가 저 깊은 곳에서부터 울컥 올라와 이내 여자의 마음을 가득 채웠다. 여자는 그것이 무언지 잘 알고 있었다. 뜨거우면서도 부드럽고, 먹먹하면서도 한없이 설레는 감정. 이번에는 여자가 아이의 귀에 대고 속삭였다.

"사랑해."

아이가 간지러운지 까르르 웃었다.

"사랑해……."

…… 소라야.

여자는 눈을 번쩍 떴고, 자신이 순간 정신을 잃었다는 걸 깨달았다. 그때였다. 묵직한 느낌이 배를 지나 아랫도리로 내려왔다. 정점에서 뛰놀던 통증 역시 빠른 속도로 하강했다. 아! 여자는 속으로 탄성을 질렀다. 소라가, 자궁 밖으로 나오고 있었다.

제일 먼저 본 것은 축축하게 젖은 아이의 머리였다. 그 다음, 미끄러지듯 몸이 빠져나왔다. 마지막은 다리였다. 작았다. 손바닥 두 개를 합친 것 정도의 크기였다. 너무나 작아 믿기지 않을 정도였다. 그럼에도 눈과 코와 입과 귀가 오밀조밀 다 달려 있었다. 그래서 더 믿기지 않았다. 잠시 소라를 바라보던 여자는 정신을 차리고 탯줄부터 잘랐다. 그러고는 수건을 몇 장씩 뭉쳐 아랫도리에 가져다 댔다. 여전히 미칠 듯이 아팠지만 견딜 만은 했다.

여자는 드디어 소라를 안았다. 그런데 무언가 이상했다. 소라는 울지 않았다. 숨을 쉬지도 않았다. 얼굴을 잔뜩 찡그린 채 온몸에 힘을 꽉 주고 있을 뿐이었다. 갓 태어난 아이는 울음을 토해내며 호흡을 시작한다는 게 여자가 아는 상식이었다. 어딘가 잘못됐다. 여자는 소라를 안고서 손가락으로 심장 근처를 눌렀다. 동시에 코에다가 자신의 숨을 불어넣었다. 다음 순간, 여자는 끔찍한 사실 하나를 깨달았다.

'소라가 울면…… 좀비들이 몰려온다.'

여전히 물리치료실에서 어슬렁거리는 좀비들을 봤다. 그런 다음 소라에게로 고개를 돌렸다. 이제 막 세상에 나온 아이는 숨을 토해내기 위해 안간힘을 쓰고 있었다. 쪼글쪼글한 손을 말아 쥐고서, 얼굴이 붉어질 때까지 용을 쓰면서. 여자는 정신을 잃었을 때 봤던 환영을 떠올렸다. 부드러웠던 모래와 눈부신 바다, 그리고 하늘과 구름을 떠올렸다. 자신의 품에 안겨 단내를 풍기던 그 아이를 떠올렸다. 소라와 하고 싶었던 일들을 떠올렸다. 세탁기 안에 숨어 잠들기 전 소라를 향해 중얼거렸던 그 수많은 약속을 떠올렸다. 자신이 끝끝내 살아남으려 했던 그 이유를 떠올렸다. 생명의 신비니, 숭고한 의무니, 위대한 모성이니 하는 얄은 말은 저 멀리 치워버린 지 오래였다. 그저 소라를 만나고 싶었다. 그것뿐이었다.

"소라야!"

여자는 온힘을 다해 외쳤다.

'크아아!'

좀비들이 바로 반응했다.

"소라야, 숨 쉬어."

소라의 심장을 누르고, 코에 다시 숨을 불어넣으며 여자는 말했다. 좀비들이 다가오고 있었다.

"소라야, 제발!"

아이를 품에 꼭 안은 그 순간, 희미하지만 따뜻하고 부드러운 숨결이 여자의 목덜미에 닿았다. 그 다음…….

"으앙!"

소라가 우렁차게 울었다. 작은 몸 어디에서 그렇게 큰 소리가 나오는지 물품 보관실은 물론이고 병원 전체에 소라의 우는 소리가 쩌렁쩌렁 울려 퍼졌다.

"소라야."

여자는 그 아이를 내려다보며 웃었다. 웃는데, 눈물이 흘러내렸다. 크아아. 좀비들이 열린 문으로 들어왔다. 마지막이다. 여자는 좀비들에게서 등을 돌렸다. 그러고는 이제 첫 울음을 터트린 그 작고 아름다운 생명체를 향해 속삭였다.

"사랑해."

"으앙!"

소라는 계속 울었고 여자는 그런 소라를 안은 채 최대한 상체를 숙였다. 좀비들이 바로 등 뒤에 와 있었다. 소라가 눈을 떴다. 깊이를 알 수 없을 정도로 맑고 투명한 눈동자가 여자를 올려다봤다. 여자는 이대로 시간이 멈추면 좋겠다는 생각을 하며 소라의 눈을 들여다봤다. 크아아. 좀비 한 마리가 여자의 어깨를 낚아챘다. 여자는 소라에게서 눈을 떼지 않았다. 환하게 미소 지었다. 웃지 않을 수가 없었다.

그때였다.

'탕!'

총성이 들렸다. 탕. 탕. 탕. 총성은 멈추지 않았다. 많은 사람들이 달려오는 소리와 좀비들의 포효도 총성에 섞여 같이 들렸다.

"요구조자 확인. 요구조자 확인. 한 명, 아니 두 명이다!"

누군가의 외침을 들으며 여자는 눈을 감았다. 어느새 울음을 그친 소라가 그 작은 손으로 여자의 손가락을 살며시 쥐었다. 여자는 깊고도 길게 숨결을 토해냈다.

"하아."

낙오자들

일찍 일어났다. 오랜만이다. 아니, 처음인가? 아무튼, 밖은 아직 어둑어둑하다. 시계를 확인하니 다섯 시 반. 평소라면 일어나기는커녕 이제 잠자리에 들 시각이다. 그렇다면 일찍 일어난 게 아니라 늦게 자는 건가? 싱거운 생각을 하며 침대를 빠져나온다. 어지러워서 잠시 책상을 잡고 선다. 머리가 핑 돈다. 숨이 가쁘다. 털썩, 침대에 주저앉는다. 오른손 엄지와 중지로 양쪽 관자놀이를 누르며 침대를 바라본다.

허물처럼, 이불이 말려 있다. 빠져나왔을 때의 모양 그대로.

문득 어린 시절의 기억이 떠오른다. 시골 할머니 집에 놀러 갔을 때, 형이 나무에 붙어있었다며 번데기를 가져왔다. 살아있는 애벌레가 든 번데기였다. 억지로 번데기를 찢고 애벌레를 꺼냈다. 나비로 변태하기 전의 애벌레는 생김새가 기괴했다. 주름 사이가 빨갛게 헤져 너덜거렸다. 크고 까만 눈이 원망스러운 듯 우리를 바라봤다.

"으악, 징그러워."

형은 애벌레를 바닥에 내던졌다. 찍, 하는 소리와 함께 애벌레는 터져버렸다. 초록색의 끈끈한 액체가 흘러나왔다. 천천히, 아주 천천히.

그 후 가끔 악몽을 꾼다.

누군가가 나를 끄집어내는 꿈, 나를 둘러싼 옷을 찢고 알몸으로 내모는 꿈을…….

이불 옆에는 토사물이 가득하다. 베개에도 묻어 있다. 시큼한 냄새는 그 때문이다. 아마 머리카락과 얼굴에도 묻었으리라. 목이 칼칼하다. 입 안도 바싹 말랐다. 풍랑이 밀려오기 전의 바다처럼 속이 울렁거린다.

'시원하게 토했으면 좋겠다.'

숨을 크게 내쉰다. 몸속에 가득 차있던 이산화탄소가 빠져나가며 정신이 조금 맑아진다. 젠장. 욕이 비어져 나온다. 바보, 멍텅구리, 천치 새끼, 패배자. 그래, 그 말이 제일 잘 어울린다. 나는 실패했다.

베갯머리에 흩어진 약봉지를 노려본다.

'효과가 확실합니다.'

머리를 노랗게 물들인 녀석이 호언장담했다. 지하철역에서였다. 직거래가 제일 안전하니까 지하철에서 보죠. 노랑이라는 이름으로 날아온 쪽지에는 그렇게 적혀 있었다. 우리는 지하철 개찰구를 사이에 두고 만났다. 먹고 잠들면 바로 게임 끝이죠. 노랑이가 검은 봉투에 싼 약을 건넸다. 나는 죽음을 받아들었다. 무게가 너무나 가벼웠다. 모두 서른 알입니다. 먹고 나면 배가 든든할 정도라니까요. 죽기 전에 배라도 채워야지, 안 그렇습니까. 노랑이는 농담을 했다. 그리고 덧붙였다.

"건투를 빕니다."

3개월 치 알바비와 약을 바꿔들고 고시원으로 돌아왔다. 어젯밤의 일이다.

약은 아무런 효과가 없었다. 건투를 빌어주었음에도, 한 알 두 알 착실하게 삼켰음에도.

'젠장.'

죽는 것마저 실패할 줄이야.

조심스레 침대에서 일어난다. 주위는 쥐 죽은 듯 조용하다.

220

가만히 어둠을 노려본다.

'어떻게 할까?'

자살할 방법이야 무수히 많다. 지금 당장 옥상에서 몸을 날려도 되고, 목을 매는 것도 방법이다. 군이 약을 선택한 건 깔끔하게 죽기 위해서였다. 소리 없이, 자는 듯 죽기 위해 지난 몇 개월 동안 인터넷을 샅샅이 뒤졌다. 스무 개쯤 되는 자살 사이트에 가입한 끝에 드디어 약을 구했다. 거금 300만 원이었다. 편의점에서 일하고, 생동성실험 아르바이트까지 해서 돈을 마련했다. 그런데……

그마저도 실패해 버렸다. 운이 좋다고 해야 할지, 나쁘다고 해야 할지.

스물여덟 해를 살아오면서 운이 좋았던 적이 한 번도 없으니 아마도 후자 쪽이겠지. 그래도 설마, 죽음까지 나를 외면할 줄은 몰랐다.

방을 나서려다 책상 위에 놓아둔, 유서를 발견한다.

'참, 유서라는 걸 썼었지.'

- 미안합니다. 잘 부탁드립니다.

유서도 참 불품없이 썼다. 종이를 꾸깃꾸깃 말아 쥐고는 창문을 향해 던진다. 5만 원이나 더 내고 겨우 얻은 창문이다. 창문에 부딪힌 종이 뭉치가 탁 소리를 내면서 바닥으로 떨어진다.

다시 역한 기운이 올라온다. 속이 쓰리다.

'빌어먹을, 식후에 먹으라고 말을 하던지.'

문을 열고 복도로 나온다. 공기가 싸늘하다. 공용 화장실로 들어가 소리를 죽인 채 토한다. 속이 텅 빌 때까지 게워낸다. 오줌을 눈다. 또르르, 또르르. 변기를 가득 채운 토사물 위로 오줌이 흩어진다. 싯누런 오줌이 한참 동안 흘러나온다.

화장실에서 나와 어둠에 싸인 복도를 둘러본다. 새벽이라고는 해도 이상할 정도로 조용하다. 고시원 벽에는 소음 여과 장치가 없다. 가만히 귀를 기울이면 다른 방 인간의 코고는 소리도 들을 수 있다. 그런데 지금은 고시원 전체가 거대한 무덤인 것만 같다.

찜찜함을 애써 누르며 다시 내 방으로 들어온다. 냄새가 지독하다. 마치 나라는 인간이 내뿜는 냄새 같다. 잠시 망설이다가 창문을 연다. 손바닥만 한 창문으로 신선한 바람이 들어온다. 아, 새벽 공기란 이런 것이구나, 라고 일순 감상에 젖다가 번뜩 정신이 든다.

공기 중에 탄 냄새가 섞여 있다.

'어디 불이라도 났나? 그렇다고 하기에는 너무 조용한데.'

정말 너무나도 조용하다.

원래 새벽이란 이렇게 조용한 것인가. 목을 길게 빼고 밖을 내다본다. 어슴푸레하다. 비슷한 모양의 건물들이 말없이 웅크리고 있다. 어둠에 잠겨서. 어디에도 불빛 같은 건 없다. 가로등마저 꺼져 있다.

'이상하다. 무언가 다르다.'

'그러고 보니……?'

서둘러 복도로 나간다. 아까는 그냥 지나쳤는데 자세히 보니 벽에 붉은색 손바닥 자국이 어지럽게 찍혀 있다. 바닥에도 붉은 액체가 점점이 떨어져 있다. 맞은편 방인 408호 문은 세로로 쪼개진 상태다.

간밤에 싸움이라도 벌어졌던 건가? 좁은 공간에 여러 사람이 모여 살다 보니 종종 큰 소리가 오가긴 하지만 피를 흘릴 정도로 치고받는 일은 지금껏 없었다.

공용 주방은 어떤지 확인해 보려다가 멈칫한다. 408호에서 소리가 들린다. 고양이가 가르랑거리는 것 같은 소리. 당연히 고양이를 키울 수는 없다. 그럼 뭐지? 조심조심 408호로 다가간다. 쩌억~ 소리를 내며 실내화가 바닥에 달라붙는다. 발을 떼자 시뻘건 액체가 따라 올라온다. 심장이 거세게 뛰기 시작한다.

다가갈수록 소리가 커진다.

갈라진 문틈으로는 안이 보이지 않는다.

'어디가 아픈 건가? 아니면 심하게 다친 걸까?'

408호와는 종종 마주쳤다. 머리가 벗어지고 삐삐 마른 중년 남자. 항상 기침을 달고 살아 소음 가득한 고시원에서도 유독 존재감을 드러내던 사람이었다. 그러면서도 수시로 술을 마시고 비틀거리며 복도를 걷는 모습을 자주 봤다.

나는 문손잡이를 쥔 채 잠시 숨을 고른다. 피를 토한 채 침대에 쓰러져 있는 남자의 모습이 눈앞에 떠오른다. 혹시…… 머리가 터져 피를 쏟아내고 있는 건 아니겠지? 애써 끔찍한 상상을 지우려 해도 갈라진 문이 너무 신경 쓰인다. 또 소리가 들린다. 더는 망설이고 있을 수 없다.

문손잡이를 살며시 돌린다.

순간 문 안쪽에서 무언가가 부딪친다. 놀라서 엉덩방아를 찧는다. 소리가 더 커진다. 문이 조금씩 열린다. 끼이익 하는 경첩 소리와 가르랑거리는 소리가 맞물린다.

총무 형이 거실로 나온다.

'으르렁.'

총무 형은 그렇게 말한다. 취업 못해도 세상이 무너지는 건 아니라고 다정하게 말해 줄 때의 목소리로. 총무 형은 머리가 기우뚱하다. 아니, 머리뿐만이 아니라 어깨, 팔, 허리, 다리가 전부 이상한 각도로 꺾여 있다. 마치 무너지기 일보 직전의 블록처럼.

머리카락은 잔뜩 헝클어졌다. 어제 오후, 1층에서 마주친 총무 형은 얼굴이 흙빛이었다. 반대로 입술은 이상하리만치 붉었다.

"감긴가? 몸이 으슬으슬해."

"몸 관리 잘 하세요."

나는 진심을 담아 말했다. 살갑게 챙겨주는 총무 형이 없었다면 훨씬 더 일찍 포기했을 것이다.

"여름 독감이 유행이라던데 그건가? 근데 어째 넌 이 시간에 돌아왔어?"

나는 편의점 아르바이트를 그만뒀다고 말했다. 자살하기 위해서요. 마지막 한 마디는 마음속으로만 중얼거렸다.

"그래, 알바 그만하고 더 집중해서 취업 준비하는 것도 좋지."

총무 형은 콜록거리면서 자기 방으로 들어갔다. 그것이 총무 형의 마지막 모습이라 생각했다. 이렇게 다시 만날 줄은, 그것도 가슴팍이 피범벅인 총무 형을 만나게 될 줄은 생각지도 못했다.

"형."

나는 조용히 총무 형을 부른다.

"으르렁."

형이 대답한다.

그거, 누구 피예요? 라고 물으려다 그만둔다. 총무 형의 눈이 붉다. 입술은 더 붉다. 검던 낯빛이 지금은 백지장처럼 하얗다. 마치……

'괴물 같잖아.'

총무 형을 부르는 수식어는 많다. 김 총무, 김 형, 김 선생, 그리고 김 검사. 그 중에서도 형은 김 검사로 불리길 좋아했다. 사법고시만 9년 째 도전 중인 총무 형의 꿈은 검사였다. 9년이나 같은 책을 팠으니 당연히 법 지식이 상당했다. 합격만 하면 대한민국에서 제일가는 검사가 될 거라고, 형을 아는 사람이라면 누구나 그렇게 말해 줬다. 그럴 때면 형은 묘한 표정으로 웃으며 중얼거렸다. 어쩌면 고시원 총무가 체질인지도 모르겠어요, 라고.

총무 형이 점점 다가온다. 나는 엉덩이를 바닥에 댄 채 슬금슬금 뒤로 물러난다. 형의 입술에서 핏물 섞인 침이 흘러내린다. 형은 두 팔을 뻗고 있다. 어기적어기적. 걷는 모양새가 이상하다.

나는 뒤를 돌아본다. 내 방까지는 불과 2미터 남짓. 총무 형을 다시 한번 바라보고 후다닥 일어나 방으로 뛴다. 다리가 말을 듣지 않는다. 약 기운 때문인가? 발이 엉키며 고꾸라진다. 총무 형이 내 다리를 낚아챈다. 묘하게 빠른 그 동작에 소름이 돋는다. 한쪽 발로 형을 걷어찬다.

총무 형이 이를 드러내며 달려든다. 악취가 풍긴다. 세게, 더 세게 찬다. 형이 떨어져 나간다. 엉금엉금 기어서 방으로 들어가

문을 닫는다. 잠근다. 동시에 총무 형이 문에 부딪힌다. 쾅! 하는
소리에 문이 부르르 몸을 떤다.

'뭐지? 무슨 일이지?'

숨을 고르며 문을 노려본다. 총무 형에게 잡혔던 오른쪽 발목
이 아프다. 살펴보니 시뻘겋게 멍이 들었다. 무시무시한 힘이라
고 생각하자 다시 소름이 돋는다.

'인간이 아니다. 총무 형은, 더 이상 인간이 아니다.'

그 사실만 선명하게 떠오를 뿐, 무슨 일이 벌어진 건지 도무
지 알 수 없다. 고시원의 다른 사람들은 어디로 갔을까. 다시 창
문으로 다가간다. 거리는 여전히 조용하다. 아니다. 누군가가 걷
고 있다. 아니다. 누군가들이다. 골목을 걷고 있는 사람들이 보
인다. 어기적어기적. 총무 형처럼, 그들은 비틀거리며 골목을 배
회한다.

'인간이 아니다.'

가슴이 철렁 내려앉는다.

언뜻 봐도 그들의 몰골은 인간이 아니다. 인간이라면 팔다리
가 뜯겨나간 채로 걸을 수는 없으니까⋯⋯. 목이 덜렁거리면서
도 살아있는 인간은 없으니까.

노트북을 켠다. 웅~ 하는 부팅 음이 들린다. 총무 형은 계속
해서 방문을 두드린다. 정신이 말짱해졌다. 대신에 심장이 미친

듯이 뛴다. 노트북은 오늘따라 늦게 켜진다. 어젯밤, 모아두었던 야동을 모두 지웠다. 음란물이나 즐겨보는 변태 취준생이라고 기억되기는 싫었으니까. 휴지통까지 깨끗이 비웠다. 파란색 윈도우 화면이 뜨기를 기다리며 의미 없이 키보드를 두드린다. 바탕화면에 수십 개의 아이콘이 뜬다. 그중에서 인터넷 익스플로러 아이콘을 찾아 더블 클릭한다.

페이지를 찾을 수 없습니다.

인터넷이 안 된다.

몇 번을 해도 마찬가지다. 마우스를 집어던진다. 그게 신호라도 된 듯 총무 형이 문을 더 세게 두드린다. 문득, 핸드폰이 떠오른다.

'어디에 뒀더라?'

아무리 찾아도 핸드폰이 보이지 않는다. 어젯밤 기억을 더듬는다. 약을 사와서 책상 위에 올려놓고, 유서를 쓴 뒤, 마지막으로 날짜와 시간을 확인하고…….

쓰레기통을 뒤진다. 있다. 이제 필요 없다며 버렸던 핸드폰이 휴지들 사이에서 얼굴을 내밀고 있다. 얼른 주워서 전원을 켠다.

'쾅. 쾅.'

문이 세게 흔들린다. 경첩이 떨어져 나갈 것만 같다. 총무 형의 으르렁거리는 소리가 더 커진다. 포털 사이트 앱을 실행한다.

느리다. 엄청나게 느리다. 몇 번이나 종료하고 다시 실행하기를 반복한 끝에 겨우 메인 화면이 뜬다. 뉴스들이 주르륵 올라와 있다. 동영상 하나를 클릭한다. 머리카락이 잔뜩 헝클어진 아나운서가 말을 한다. 동영상은 자꾸만 끊긴다.

"…… 다시 한번 말씀드립니다. …… 정부는…… 이번 사태가…… 바이러스에 감염된 사람에게 물리면…… 폭력성…… 원인을 알 수 없는…… 보는 즉시 사살…… 도망치거나…… 일부 과학자들은…… 바이러스의 원인이…….''

뉴스는 곧 끊어진다.

나는 핸드폰을 든 채 망연자실 서 있다. 무슨 소리인지 접수가 되지 않는다. 총무 형을 목격하지 않았다면, 거리를 어슬렁거리는 수많은 사람들을 보지 않았더라면 영화의 한 장면이라 생각했으리라.

'혹시, 꿈인가?'

'아니면 죽어서 지옥에라도 온 건가?'

내 생각이 낭만적인 도피일 뿐이라는 사실을, 총무 형이 문을 때려대는 소리가 일깨워준다. 문은 금방이라도 박살이 날 태세다. 떨어져 나간 나뭇결 사이로 총무 형이 얼굴을 들이민다. 눈이 마주친다. 총무 형의 눈은 새빨갛다. 눈동자가 뒤룩뒤룩 움직인다.

신고를 해야 하나? 핸드폰을 내려다본다. 그제야 카톡 알림이 눈에 들어온다. 모두 10개다. 내게 카톡을 보낼 사람은 그 녀석들밖에 없다. 확인해 보니 역시 녀석들이다.

- 뭐라는 거야?

- 야! 너 괜찮아?

- 엉뚱한 생각 하지 말고 전화부터 받아!

그러고 보니 생각난다.

어제, 녀석들과 나만 있는 단체 카톡 방에 마지막 메시지를 남겼다. 그동안 고마웠다. 난 먼저 간다. 뭐, 이딴 내용이었다. 나름의 작별 인사였다. 지독하게 유치한.

맨 마지막 메시지를 확인한다. 철권이 보낸 거다.

- 너 기다려. 우리가 갈 거니까!

총무 형이 으르렁거린다. 핸드폰을 주머니에 넣고 고개를 돌린다. 총무 형은 침을 질질 흘리며 문을 때려 부수기 바쁘다. 새끼손가락이 부러졌는지 이상한 각도로 꺾여 있다.

어떻게 해야 할까? 무기가 될 만한 걸 찾아 좁은 방 안을 둘러본다. 노트북과 플라스틱 의자뿐이다. 둘 중 하나를 고르려다가 다시 총무 형을 바라본다.

"형, 그만하세요."

소용없는 짓이라는 걸 알면서도 총무 형을 불러본다. 형은,

순간 멈칫하더니 고개를 갸우뚱한다. 그 몸짓이 꼭 먹이를 눈앞에 둔 육식동물 같다. 사냥감까지의 거리를 재며 짐짓 여유롭다는 듯 딴청을 피우는 사자나 호랑이, 혹은 하이에나.

우지직 소리를 내며 문이 절반쯤 뜯겨 나간다. 선택의 여지가 없다. 아무래도…… 의자가 낫겠지? 총무 형이 방 안으로 상체를 들이민다. 땀으로 번들거리는 정수리를 겨냥하며 의자를 치켜든다. 삐걱. 의자가 비명을 지른다. 으르렁. 총무 형이 화답한다.

"형, 미안해요."

"물러서."

의자를 휘두르려는 찰나, 복도에서 들려온 소리가 내 팔을 붙잡는다. 귀에 익은 목소리. 부서진 문틈으로 오토바이 헬멧을 쓴 철권이 보인다. 철권은 피범벅인 옷을 입고 야구방망이를 들고 서 있다. 헬멧 사이로 보이는 얼굴에 땀이 번들거린다.

철권은 야구방망이를 고쳐 쥐고는 힘껏 휘두른다. 철권은 언제나 결단력이 있었다. 할 때는 해야 하는 거야 인마. 철권은, 눈이 돌아갈 정도로 화려한 연타 공격을 성공한 후에 내게 그렇게 말하곤 했다.

'퍼억!'

야구방망이가 총무 형의 머리를 강타한다. 뼈가 부서지고 피가 튀고 노랗고 끈적끈적한 액체가……. 나는 끝까지 보지 못하고 눈을 감아 버린다. 퍼억, 퍼억, 퍼억, 퍽. 소리는 몇 번이나 계속된다.

"이제 나와도 돼."

철권이 숨을 헐떡거리며 말한다. 슬그머니 눈을 뜨니 이제는 잠잠해진 총무 형이 복도에 널브러져 있다. 무좀이 자리 잡은 총무 형의 맨발이 보인다. 형은 죽었지만 무좀은 한동안 기세를 떨치리라 생각하니 서글프다. 나는 쓸데없는 감상을 털어 버리려 애쓰며 철권을 향해 묻는다.

"이, 이게 다 어떻게 된 거야?"

"너야말로 어떻게 된 거야?"

철권이 방문을 열며 소리친다.

"아니…… 난 그냥……."

"일단은 나와. 진짜로 죽고 싶지 않으면 안전한 곳으로 피해야 해."

철권이 내 손을 잡아끈다. 녀석은 경찰이 되려고 이곳, 노량진에 왔다. 몇 번의 불합격 속에 여러 계절을 보내는 동안 녀석은 자기의 진짜 재능을 찾았다. 급제 오락실에서. 대전 격투 게임의 성지인 그 오락실에서 녀석은 철권 고수가 되었다. 난다긴다 하는 노량진의 실력자들을 다 물리치더니 급기야 전국에서 몰려 온 도전자들도 모조리 꺾었다. 그때부터 녀석은 이름 대신 '철권'이라는 별명으로 불리게 됐다.

"감독은?"

복도를 지나며 철권에게 묻는다.

"밑에 있어."

"소설가도?"

철권은 멈칫하더니 고개를 젓는다.

"걔는 이미 변한 상태였어."

"아……."

나는 더 묻지 않는다. 그저 소설가를 잠시 떠올릴 뿐이다. 무려 공시생이면서 웹소설을 쓰던 녀석은 우리 넷 중 제일 순했다. 괴물로 변해 누군가를 공격하는 모습이 쉽게 그려지지 않는다.

"좀비야. 좀비라고!"

계단을 달려 내려가 1층에 도착하자마자 감독이 내게 말한다. 녀석은 어디서 구했는지 공사장 안전모를 쓰고 팔과 다리에는 청색 테이프를 둘둘 감고 있다. 안전모는 녀석의 큰 머리에 비해 턱없이 작다.

"좀비?"

"그래, 좀비! 감염된 사람이 물면, 물린 사람도 똑같이 감염돼. 그리고 감염자들은 엄청나게 공격적이고 폭력적이야. 이게 좀비가 아니고 뭐겠어? 느릿느릿 움직이는 거로 봐서 조지 로메로의 시체 3부작에 나오는 원조 좀비들 같아. 좀비가 뛰어다니기 시작한 건 영화……."

"감독! 그만. 지금 중요한 건 그게 아니잖아?"

철권이 감독의 말을 막는다. 공포 영화 마니아인 감독은 긴장할수록 많이 떠들고, 불안할수록 자꾸 먹는다. 면접까지 가서도 자꾸 떨어지는 건 그 때문이다. 묻지도 않은 말을 줄줄 늘어놓으니까.

"마, 맞다. 지금은 안전이 중요하지! 자, 이거."

감독은 바닥에 놓아 둔 다른 안전모를 집어서 내게 건넨다. 철권은 야구방망이를 꼭 쥐고 고시원 바깥을 살핀다. 내가 안전모를 쓰는 사이 감독이 또 주절주절 떠든다.

"너 어제 단톡에 올린 거 보고 완전 놀랐잖아. 새벽까지 연락도 안 되고 해서 철권이랑 만나서 너한테 달려오려 했는데 갑자기 좀비 사태가 벌어진 거야. 어휴, 말도 마. 우리 완전 '워킹 데드' 찍었다니까. 저기 슈퍼 골목 알지? 그 앞에 좀비 떼가 딱 버티고 있는 거야. 철권이 야구방망이 안 챙겨왔으면 우리도 같은 신세가 됐을 거야. 내장 줄줄 흘리면서 어기적어기적 걷는 좀비. 근데 넌 진짜 죽으려고 했던 거야?"

나는 대답하지 않는다. 그냥 어색하게 웃는다. 감독도 웬일로 더 캐묻지 않고 그냥 내 어깨를 툭 친다. 철권이 우리 쪽으로 다가온다.

"지금은 놈들이 안 보여. 이럴 때 이동해야 해."

"어디로?"

내가 묻는다. 여전히 속은 쓰리고 머리는 멍하지만 조금씩 현실감각이 돌아온다. 죽은 듯 자던 사이에 세상이 변했다. 감당할 수 없는 학자금대출과 부모님이 물려 준 빚과 좁아터진 고시원 생활과 거듭되는 취업 실패보다 더 끔찍한 현실은 없으리라 생각했는데…….

"새벽에 안내 방송이 나왔어. 오전 4시부터 7시까지 매시간 정각 노량진역 1번 출구 앞으로 군용 트럭이 올 거래. 생존자들은 그때 맞춰서 나오면 트럭에 탈 수 있는데, 정원이 차거나 정각에서 10분이 지나면 무조건 떠난다고 했어."

철권의 말에 나는 시간을 확인한다. 6시 10분. 이미 세 번의 기회가 날아갔다. 남은 건 7시뿐.

"멀쩡한 사람들은 모두 노량진역으로 몰려갔어. 그리고 좀비들은 그런 사람들을 따라갔고."

감독이 말한다.

"그래서 고시원도 텅 비었구나."

창문으로 봤던 좀비들을 떠올린다. 목적 없이 떠도는 듯 보였던 그것들은 먹잇감을 쫓고 있던 거였다. 살기 위해 역으로 달리는 사람들과 그 뒤를 따르는 좀비들의 모습이 눈앞에 그려진다. 아찔하다. 하룻밤 사이 세상은 왜 이렇게 변해 버린 것일까?

"7시 전에 1번 출구 근처에서 대기하고 있어야 해. 그래야 우리 셋 다 탈 수 있어. 너도 알잖아? 군용 트럭 정원 얼마 안 된다는 거."

"그래, 알았어. 움직이자."

내가 말하자 철권이 고개를 끄덕인다. 우리 셋은 거리로 나간다. 이제 막 해가 떠오른다. 동쪽 하늘부터 기지개를 켠다. 어둠이 걷히며 거리 곳곳의 상흔이 드러난다. 아무렇게나 나뒹구는 쓰레기통, 벽을 들이받은 자동차, 깨진 유리, 바닥에 흥건한 피, 그리고 그 위에 떠 있는 살점과 내장. 골목 몇 개 너머 빌딩에서는 검은 연기가 피어오른다. 공기 중에 매캐한 냄새가 섞여 있다.

"분명 정부는 이런 사태가 벌어지리란 걸 알고 있었어. 그러니까 난리가 난 새벽부터 군대를 투입했지. 하룻밤 사이에 바이러스가 이 정도로 퍼질 리 없잖아. 안 그래?"

감독은 쉴 새 없이 떠든다.

"그만 하고 빨리 타."

철권이 배달용 오토바이를 가리키며 말한다. 철권은 아르바이트로 음식 배달을 한다. 녀석의 헬멧과 오토바이에는 귀여운 캐릭터가 잔뜩 박혀 있다. 코가 엄청 큰 핑크색 돼지 캐릭터. 공부를 놓지 않았다고는 하지만 철권의 아르바이트 시간은 점점 늘어 갔다. 어쩔 수 없는 일이었다. 이곳 노량진에서 공부하는 척이라도 하려면 돈이 필요했고, 그 돈을 마련하자면 공부 시간을 빼 일을 할 수밖에 없었다. 철권을 잘하는 것만으로는 돈이 되지 않았다. 당연하게도.

"셋은 좀 무리겠는데?"

감독이 오토바이를 보며 말한다.

"잠깐만."

철권은 배달통을 뗀다. 통에 음식을 넣고 어딘가로 배달하는 평범한 일상은 다시 돌아오지 않으리라 확신하는 듯 거침이 없다. 큼지막한 핑크색 배달통을 떼어 내자 자리가 생긴다. 철권이 운전대를 잡으며 고갯짓을 한다. 감독과 내가 순서대로 오토바이에 오른다. 좀 끼긴 하지만 그래서 오히려 안정감이 있다.

"이, 이거 네가 들래?"

감독이 철권에게 받아서 들고 있던 야구방망이를 내게 내민다. 조금 미안하다는 표정으로. 나는 말없이 받아든다.

"위험하다 싶으면 사정없이 휘둘러."

철권이 나를 돌아보며 말한다. 나는 고개를 끄덕인다. 피가 잔뜩 묻은 야구방망이는 생각보다 훨씬 묵직하다.

'부릉.'

시동을 걸자 오토바이가 부르르 떤다. 그 떨림이 엉덩이를 타고 온몸으로 퍼져나간다. 내가 떠는 것인지, 오토바이가 떠는 것인지 분간이 안 될 정도다. 어쩌면 둘 다일지도 모른다고 생각하며 나는 감독의 두툼한 배를 감싼다. 감독도, 떨고 있다.

"출발해."

내 말이 끝나기 무섭게 철권이 액셀을 당긴다. 늙고 살찐 코끼리의 등처럼 완만하게 굽은 경사로를 따라 오토바이가 달려나간다. 바람이 분다. 티셔츠가 펄럭인다. 동쪽을 물들이던 붉은 기운이 하늘 전체로 퍼져나가며 점점 옅어진다. 구름이 유유히 흘러간다. 머리가 터진 채 쓰러진 시체가 보인다. 비둘기들이 날아오른다. 자동차 앞바퀴에 깔린 좀비 한 마리가 수신호라도 보내는 듯 버르적거린다. 고양이 한 마리가 시뻘건 살점을 물고 편의점 뒷골목으로 사라진다. 합격생들의 이름을 죽 적어놓은 현수막이 세로로 찢어져 날갯짓을 한다. 오토바이는 텅 비어버린 학원가 골목으로 들어선다. 평소라면 수험생들이 길게 줄을 섰을 학원 앞에는 흩뿌려 놓은 핏물과 한때는 누군가의 팔다리였을 살덩이만 가득하다. 갈가리 찢긴 기출문제집들이 축제 끝난 뒤의 만국기처럼 바닥에 아무렇게나 나뒹군다. 모든 풍경이 소리도 없이 펼쳐진다.

'젠장.'

나도 모르게 중얼거린다.

"뭐라고?"

감독이 큰 소리로 묻는다.

"아니야!"

나도 큰 소리로 대답한다.

"뭐?"

"아니라고!"

"안 들려! 다시……."

'끼익!'

날카로운 소리와 함께 오토바이가 멈춘다. 감독의 배를 움켜쥐며 간신히 균형을 잡는다. 무슨 일이냐고 물으려다가 말을 삼킨다. 그것들이다. 어기적거리며 걷는 좀비들이 우회전을 해서 접어든 골목 앞에 잔뜩 서 있다. 양옆으로 밥집이 늘어선 이 골목만 빠져나가면 되는데 그게 쉽지 않아 보인다. 좀비들은 유치원생의 삐뚤삐뚤한 그림 속에서 튀어나온 듯 사지가 뒤틀려 있다. 빨간색 크레파스를 아낌없이 칠한 듯 모두 피범벅이다.

"아무리 느리다 해도 저렇게 많으면 피해 가기 힘들어."

철권이 말한다. 녀석의 분노를 대변하듯 오토바이가 으르렁거리는 소리를 낸다.

"다른 길로 가자! 우리 단골 국밥집 있잖아. 거기 앞쪽으로 나가면 좀 돌긴 해도 지하철역까지 갈 수 있어."

감독이 뒤를 가리키며 말한다.

"저놈들이 거기에 더 많을 거라 생각했거든. 거기, 기숙학원 큰 거 있잖아."

"아!"

나는 철권의 말에 난공불락의 성채 같은 위용을 자랑하는 그 대형 기숙학원을 떠올린다. 거의 학원에 가둬놓다시피 한 채 스파르타식으로 공부를 시키는 그곳은 수많은 합격생을 배출해 공포와 선망의 대상이 되는 곳이었다. 그 학원에서 집단으로 감염된 좀비들이 이때를 노리고 밖으로 쏟아져 나왔다면…… 생각만 해도 아찔하다.

"지금은 별 수 없잖아. 그리고 거기, 밖에서 아예 현관문을 잠가놓기로 유명하잖아. 아마 한 사람도 못 나왔을 걸."

감독의 말을 들으며 그건 그것대로 끔찍하다고 생각한다.

"좋아. 오토바이 돌릴게."

철권이 크게 고개를 끄덕인 뒤 다시 액셀을 당긴다. 앞쪽의 좀비들은 비틀거리며 다가오고 있다. 나는 그 느릿한 행동 속에서도 우리가 움직이는 방향을 향해 재빠르게 돌아가는 놈들의 머리를 발견한다. 마치 공원을 점령한 비둘기 떼처럼 눈깔을 뒤룩뒤룩 굴리며 일제히 같은 방향으로 고개를 돌린다. 이질감 가득한 그 동작에 소름이 돋는다. 총무 형도 그랬다. 내 다리를 낚아챌 때나 문을 두드려 델 때는 하나도 느리지 않았다.

'크아아.'

놈들이 내지르는 괴성을 뒤로한 채 오토바이는 크게 원을 그리며 반대 방향으로 달린다. 좀비들이 따라온다.

"저것들이 느려서 다행이야!"

감독이 경쾌한 목소리로 외친다.

"지금 몇 시야?"

철권이 목소리를 높여 묻는다.

"6시 40분!"

내가 대답한다. 삼겹살 가게와 부대찌개 가게 사이로 비죽 튀어나온 교회 건물 외벽의 전광판을 확인하며. 06:40이라는 전광판 속 숫자가 깜박이더니 곧 글자로 바뀐다. 그 글자가 천천히 흐르며 문장을 만들어낸다.

하나님이 세상을 이처럼 사랑하사…….

나는 고개를 돌린다. 뒤에 나오는 말이 무엇이건, 이제 아무런 의미도 없으니까.

철권의 걱정과 달리 기숙학원 앞쪽 거리에는 좀비가 없다. 깨진 유리와 넘어진 입간판들이 무언가가 휩쓸고 지나갔다는 사실만을 보여줄 뿐이다. 무뚝뚝하게 선 적갈색 기숙학원 건물은 상대적으로 멀쩡하다. 밖에서는 안이 들여다보이지 않는 유리 창들도 모두 그대로다. 우리는 정적을 깨며 학원 앞을 지나간다. 저만치 국밥집이 보인다.

"저기 진짜 맛있는데! 이제 다시는 못 먹겠지?"

감독이 어처구니없을 정도로 해맑게 외친 순간, 오토바이 앞으로 누군가가 튀어나온다.

"아!"

철권이 브레이크를 잡는다. 오토바이는 비명을 지르며 가까스로 멈춰 선다. 나는 또 한 번 감독의 배를 움켜쥔다. 오토바이 앞에 여자와 남자가 서 있다. 둘 다 노량진의 유니폼이라 할 수 있는 무릎 나온 운동복 바지에 헐렁한 반팔 티셔츠를 입고 있다. 여자는 안경을 썼는데 오른쪽 렌즈에 금이 가 있다. 남자는 망치를 들고 있다. 망치에서 피가 뚝뚝 떨어진다.

"도와주세요!"

여자가 자신이 뛰쳐나온 골목을 돌아보며 외친다. 겁에 질린 표정이다.

"쫓기고 있어요!"

남자가 말한다.

'크아아.'

소리가 먼저 날아들고, 뒤이어 좀비들이 모습을 드러낸다. 모두 여섯. 비슷한 복장이지만 제멋대로 꺾인 팔다리와 찢어지고 벌어진 상처는 다 다르다. 좀비들은 여자와 우리를 향해 다가온다.

"어, 어떻게 할 거야?"

감독이 묻는다.

"비켜! 저것들 느리니까 달려서 도망가면 되잖아!"

철권이 소리친다. 그러자 남자가 아예 오토바이에 매달린다. 남자의 얼굴과 몸에도 점점이 피가 튀어 있다.

"여자친구가 발목을 다쳤어요. 여자친구만이라도 좀 태워주세요. 아니면 같이 싸워주세요. 저놈들만 없애면 이 주위엔 괴물이 없어요!"

철권은 남자와 여자, 그리고 좀비들을 번갈아 본다.

"안 돼! 이, 이건 영화에서라면 진짜 흔한 클리셰란 말이야. 이 상황에서 주인공들이 누군가를 구하려고 하면 꼭 안 좋은 일이 생겨!"

감독이 목소리를 높인다. 그 사이에도 좀비들과의 거리는 점점 줄어든다. 여자가 쓰러질 듯 비틀거리다가 남자의 부축을 받는다. 남자가 이래도 안 도와주겠느냐는 듯한 눈빛으로 우리를 본다.

"우리가…… 주인공은 아니잖아?"

철권이 뒤를 돌아보며 묻는다. 감독이 고개를 푹 숙인다. 나는 철권에게 야구방망이를 건넨다. 그걸 받아든 철권이 오토바이에서 내린다. 나도, 그리고 감독도 내린다.

"고맙습니다."

남자가 말한다.

"앞에 두 놈부터 처리해."

철권이 그렇게 말하며 좀비를 향해 다가간다. 이대로 지켜보고만 있을 수는 없다. 나는 무기가 될 만한 걸 찾아 주위를 살핀다. 길쭉한 나무막대가 달린 광고판이 떨어져 있다. 다가가 그걸 들어올린다. 방탈출 카페를 홍보하는 문구가 발랄한 글씨체로 적혀 있다. 간밤에 누군가가 버리고 도망간 게 틀림없다.

"뭐하는 거야?"

감독이 묻는다.

"우리도 도와야지. 너도 빨리 무기 찾아봐!"

나는 광고판을 밟아 부순 후 막대기만 떼어낸다. 끝이 뾰족하게 갈라진 막대기는 창처럼 보인다. 막대기를 꽉 쥐고 좀비들을 향해 돌아선다. 그 순간, 모아이 석상처럼 굳은 채 내 뒤쪽 어딘가를 올려다보는 감독을 발견한다.

"저…… 저…… 저……."

감독은 말을 잇지 못한다. 그저 손을 들어 허공을 가리킬 뿐이다.

"왜 그래?"

나는 감독의 손을 따라 고개를 돌린다. 기숙학원 옥상이 눈에 들어온다. 옥상 위에 바글거리는 좀비들도. 그리고 그것들이 우리를 발견하고 몰려들어 난간이 흔들리는 모습도, 모두 한눈에 들어온다.

"철권!"

　녀석을 불러보지만 철권은 이미 싸움 중이다. 야구방망이를 휘둘러 맨 앞의 좀비를 날려버린 뒤 다른 놈의 가슴팍을 걷어차 쓰러뜨린다. 남자는 쓰러진 좀비의 머리에 망치를 박아 넣는다. 둘은 의외로 호흡이 잘 맞는다.

"으악!"

　감독의 비명에 나는 다시 고개를 돌린다. 옥상의 철제 난간이 휜다. 다음 순간, 거슬리는 쇳소리와 함께 난간이 떨어져 나간다. 균형을 잃은 좀비들이 그대로 떨어진다. 4층에서 바닥을 향해. 퍼억! 첫 번째로 낙하한 좀비들은 터지고 부러지는 소리를 내며 처참한 상태가 된다. 머리부터 떨어진 한 놈은 두개골이 쩍 벌어져 잘 익은 수박 같은 뇌를 그대로 드러낸 채 뻗어버린다. 그나마 머리가 깨지지 않은 좀비들은 허리가 반으로 접히고 다리가 아예 반대 방향으로 꺾여도 꿈틀거리며 기어온다. 좀비들은 계속 떨어져 내린다. 도대체 얼마나 많은 사람들이 탈출의 희망을 품고 옥상에 올라가 있던 걸까? 좀비 위에 좀비가 쌓인다. 비교적 멀쩡한 놈들은 곧장 우리를 향해 비틀거리는 발걸음을 옮긴다. 빨갛게 충혈된 눈을 번득이며, 한껏 입을 벌린 채 위협적인 소리를 쏟아내며.

'크아아.'

"뭐야? 무슨 일이야?"

뒤늦게 알아차린 철권이 이쪽을 돌아본다. 그 뒤로 좀비 한 마리가 다가간다. 느릿느릿 움직이다가 순식간에 거리를 좁힌다.

"조심해!"

나는 소리치며 달린다. 철권이 고개를 돌려 좀비를 확인한다. 놀라서 야구방망이를 휘두르려 한다. 좀비가 더 빠르다. 놈이 아가리를 벌리고 훌쩍 달려든다. 순간 균형을 잃은 철권이 엉덩방아를 찧는다.

'딱!'

좀비가 허공을 베어 문다. 철권의 목이 있던 바로 그 자리를. 오토바이를 지나 철권 앞으로 달려간 내가 막대기를 앞으로 뻗는다. 힘껏. 이번에는 망설이지 않는다. 푸욱. 거슬리는 소리가 먼저 날아들고 그 다음에는 좀비의 목을 꿰뚫는 끔찍한 느낌이 손바닥을 거쳐 온몸으로 전해진다. 좀비는 몇 번 꿈틀대다가 이내 움직임을 멈춘다. 막대기를 타고 검붉은 피가 떨어진다.

'젠장.'

'젠장.'

'젠장!'

속이 울렁거린다. 눈앞이 흐려진다. 목덜미가 축축하다. 겨드 랑이에 땀이 차오른다. 손에서 힘이 빠져나간다. 손만이 아니다. 다리도 마찬가지다. 막대기를 뽑아서 다른 놈들을 공격해야 하 는데 움직일 수가 없다. 수면제를 먹고 누웠을 때가 떠오른다. 의식은 한 번에 사라지지 않았다. 몽롱한 기운이 먼저 찾아왔고 뒤이어 발가락부터 서서히 무거워졌다. 온몸이 해파리처럼 흐 물거리는가 하면 동시에 딱딱하게 굳어갔다. 손가락 하나 까딱 할 수 없었다. 지난 기억이 주마등처럼 스쳐 지나는 일 따위는 일어나지도 않았다. 수챗구멍 속으로 물이 빨려 들어가듯 마지 막 남은 의식 한 가닥이 빙글빙글 돌며 쑥 꺼질 때까지 내 머릿 속에 떠오른 생각은 단 하나였다.

'이제 죽는다.'

바로 지금처럼.

"정신 차려!"

누가 날 밀친다. 넘어진다. 바라본다. 철권이다. 야구방망이가 덩치 큰 좀비의 머리를 터트린다. 내 얼굴에 피가 튄다. 정신이 든다. 멀어졌던 소리들이 다시 들리고 흐릿했던 시야도 초점이 맞는다. 나는 벌떡 일어나 좀비의 배를 뚫은 막대기를 뽑는다. 헉헉. 참았던 숨이 한꺼번에 터져 나온다. 주위를 둘러본다. 옥상에서 떨어진 좀비 중 멀쩡한 놈들이 어느새 우리를 포위한 상태다.

'크아아.'

사방에서 위협적인 소리가 들린다.

"도망칠 데가 없어!"

감독이 소리친다. 녀석은 어디서 주웠는지 빨간색 몽키스패너를 들고 있다. 좀비들이 모여든다. 야구방망이, 막대기, 몽키스패너. 우리들의 무기는 좀비들의 수에 비해 초라하다. 남자의 망치를 더해도 턱없이 부족해 보인다.

'남자?'

그러고 보니 남자와 여자의 모습이 안 보인다.

"그냥 오토바이에 타! 이것들 다 상대하다간 늦어."

철권이 외친다. 동시에 천식 환자처럼 그르렁대는 오토바이 엔진음이 울려 퍼진다. 우리 셋의 고개가 한 방향으로 향한다. 남자와 여자가 오토바이에 올라타 있다.

"어어!"

감독이 손을 뻗지만 오토바이는 앞으로 튀어 나간다. 남자와 여자는 뒤도 돌아보지 않는다. 오토바이가 좀비들 사이를 뚫고 순식간에 사라진다. 남은 건 불완전 연소한 검은 매연뿐이다. 나도, 철권도, 감독도 멀어지는 오토바이를 멍하니 바라본다. 무슨 일이 벌어졌는지는 알지만, 아는 것과 받아들이는 것은 엄연히 다르다.

'크아아.'

좀비들의 위협적인 울부짖음 덕분에 간신히 정신을 차린다. 우리 셋은 거의 동시에 화들짝 놀라며 서로 등을 맞댄다. 야구 방망이와 막대기와 몽키스패너를 앞으로 내민 채.

"무조건 머리를 노려! 한방에 죽인다는 생각으로 힘껏!"

철권이 비장한 목소리로 외친다. 미처 대답할 틈도 없이 좀비 하나가 내 앞으로 슥 다가온다. 나는 두 손으로 막대기를 꽉 잡고 놈의 얼굴에 찔러 넣는다. 푸욱. 여전히 끔찍한 소리와 더 끔찍한 감각에 소름이 돋는다. 하지만 이번에는 망설이지 않는다. 막대기를 바로 빼서는 그 뒤의 다른 좀비를 공격한다. 막대기가 좀비의 눈알을 꿰뚫는다. 놈은 감전이라도 된 듯 부들부들 떤다.

"오지 마! 오지 마!"

감독은 마구잡이로 몽키스패너를 휘두른다. 그때마다 쩔그렁거리는 소리가 난다. 몽키스패너에 맞은 좀비의 턱이 부서지는 걸 보며 나는 내 목표물을 향해 고개를 돌린다. 낯익은 얼굴이 보인다. 내가 일했던 편의점의 아르바이트생. 교대를 하면서 몇 번 인사를 나누기도 했던 여학생. 대학교 2학년이라고 했던가? 자기는 벌써 공무원 시험을 준비한다며 환하게 웃던 그 얼굴이 이제는 나를 노려보고 있다. 왼쪽 귀가 없다. 코는 부러졌는지 이상한 각도로 뒤틀려 있다. 윗입술도 뜯겨 나갔다. 잇몸이 시원하게 드러난 그 입을 한껏 벌린 채 여학생이 다가온다.

여학생의 눈을 보지 않으려 애쓰며 나는 막대기를 고쳐 쥔다. 여학생은 편의점 조끼를 그대로 입고 있다. 철없이 파란 그 조끼에 피가 얼룩져 있다.

'쟤도 똑같은 좀비야. 다시는 눈부시게 웃지 못할 괴물.'

그 생각을 하며 한때는 근사한 미소를 지었던 그 입에 막대기를 찔러 넣는다. 철권이 말했던 대로 힘껏, 온 힘을 다해서.

'끄윽.'

여학생은 트림 같은 소리를 내며 쓰러진다. 그 뒤로 또 다른 좀비가 나타난다. 그 뒤에도, 그 옆에도, 또 그 뒤와 옆에도 온통 좀비뿐이다. 좀비들을 모두 해치우려면 훨씬 더 단단하고 날카로운 막대기가 있어야 할 것 같다. 내가 든 막대기는 언제 부러질지 모른다. 그 전에 내 팔이 먼저 떨어져 나갈지도 모르고.

"이대론 답이 없어. 집중해서 한 곳을 뚫자!"

철권이 말한다.

"어딜 뚫고, 어디로 가자는 거야?"

감독의 물음에 철권이 야구방망이를 들어 기숙학원 건물을 가리킨다.

"학원하고 그 옆 건물 사이에 좁은 길이 있어. 저기까지 달리는 거야!"

말을 마친 철권이 야구방망이를 휘두르며 먼저 달려 나간다.

"우리도 가자!"

나는 숨을 헐떡이는 감독을 잡아끈다. 철권의 풀스윙에 좀비의 머리가 움푹 꺼진다. 우리가 한 방향으로 몰리자 흥분한 좀비들이 달려들다가 서로 뒤엉킨다. 좀비 하나가 옆으로 쭉 밀리며 감독을 덮친다.

"으아악!"

감독이 몽키스패너를 휘두르지만 허공을 가른다. 좀비가 무방비로 벌어진 감독의 목덜미를 노리고 달려든다. 나는 놈을 향해 막대기를 뻗는다. 좀비의 이빨이 감독 목에 박히기 직전, 막대기가 입을 뚫는다.

"히익."

새된 소리를 내며 감독이 주저앉는다. 나는 녀석의 겨드랑이에 팔을 끼워 넣고 일으켜 세운다.

"정신 차려."

철권이 내게 한 말을 감독에게도 똑같이 들려준다. 감독은 고개를 끄덕이며 일어난다. 우리는 철권을 따라 달린다. 철권은 게임 속 캐릭터가 되기라도 한 것처럼 눈부신 연속기로 좀비들을 때려눕힌다. 피로 물든 야구방망이는 원래 빨간색인 것만 같다.

나와 감독은 옆으로 달려드는 좀비를 맡는다. 찌르고, 때린다. 터져 나오는 뇌수와 내장을 봐도, 좀비의 피가 얼굴에 튀어도 이제는 무감각하다.

'살아야 한다.'

오직 그 생각만 가득하다. 이유는 모른다. 왜 살아야 하는지 여전히 의문이지만 나는 살고 싶다고 생각한다. 철권과 감독, 두 녀석과 함께 이 지옥을 빠져나가 시시덕거리며 떠들고 싶다. 철 지난 게임을 하다가 핏대 높여 싸우고, 국밥에 소주 한 잔 기울이며 짝사랑 이야기나 하고, 어깨동무를 한 채 함께 새벽길을 걷고 싶다. 비틀거려도 괜찮으니까…….

'살고 싶다!'

"으아아!"

나는 찌르고 또 찌른다. 달리고 또 달린다.

"다 왔어. 힘내!"

철권이 외친다. 좀비들 너머로 좁은 골목이 보인다. 에어컨 실외기가 다닥다닥 붙어 있는 벽과 벽 사이를 지나면 반대편으로 나가게 된다. 거기서 조금만 더 달리면 지하철역이 나온다. 노량진역 1번 출구.

제일 먼저 철권이 골목 안으로 들어간다. 다음은 감독이다. 나도 감독 뒤를 따른다. 좀비들이 어기적대며 달라붙지만 우리가 훨씬 빠르다. 바닥에 담배꽁초가 가득한 골목으로 들어선 순간, 좀비 하나가 내 어깨를 붙잡는다. 뿌리치려고 팔을 휘두른다. 퍽! 팔꿈치로 좀비 얼굴을 때린다. 좀비는 비틀거리면서도 어깨를 놓지 않는다. 몸을 돌려 막대기를 뺀다. 간격이 좁아 힘이 실리지 않는다. 게다가 막대기 끝은 이제 더 이상 날카롭지 않다. 점점 무뎌지다 끝내 노량진의 안락함 속에 파묻히고 마는 수많은 수험생처럼 막대기도 날카로움을 잃었다.

"뭐해?"

감독이 나를 향해 소리친다.

"먼저 가!"

그렇게 외친다. 그때 또 다른 좀비가 옆구리 쪽으로 손을 뻗어온다. 느리지만, 나는 피할 방법이 없다. 끝내 옆구리마저 좀비에게 잡힌다. 막대기로 옆구리 쪽 좀비의 머리를 때려보지만 소용없다. 놈은 딱딱딱 턱을 마주치며 무작정 이빨을 들이민다. 막대기로 그 입을 막아 간신히 버틴다. 좀비들이 점점 더 몰려온다. 점점 더, 점점 더 많이.

"철권! 큰일 났어!"

감독의 새된 외침에 철권이 뒤를 돌아본다. 녀석과 눈이 마주친다. 철권은 이미 골목 끝에 다다랐다. 습한 어둠이 곰팡이처럼 눌어붙은 이 골목과 달리 철권이 선 곳에는 빛이 비친다. 죽음과 삶의 경계처럼 그 빛이 나와 친구들 사이를 나누고 있다. 그걸 보는 순간 나는 예감한다. 여기가 끝이라는 사실을, 나는 절대 저곳에 닿지 못하리라는 사실을.

"시간 없어! 조금 있으면 7시야!"

나는 철권과 감독을 향해 외친다.

"난 그냥 두고 빨리 먼저 가!"

다시 외친다. 난 어차피 죽으려고 했어, 그 말은 삼킨다.

세 번째 좀비는 반대편 어깨를 낚아챈다. 이제는 옴짝달싹할 수도 없다. 놈들의 이빨이 내 피부를 뚫는 순간을 기다릴 뿐. 아프겠지? 그런 생각이 머릿속에 떠오른다. 아픈 게 싫어 수면제를 선택했건만 역시 죽는다는 건 쉽지 않은 일이다. 속 쓰린 것보다 훨씬 더 아프겠지? 그런 생각을 하다 나도 모르게 헛웃음을 토해낸다.

"미친 새끼가 왜 웃어?"

그 말과 함께 철권이 달려온다. 바보 같은 녀석이, 바보같이 진지한 표정을 하고서는 바보같이 빠르게 골목을 거슬러 온다. 감독도 철권과 함께 달린다. 똑같이 바보 같은 녀석들이다.

"빨리 가라고! 빨리 가!"

아무리 외쳐도 바보들은 듣지 않는다. 이제는 정말 시간이 없다. 곧 7시가 될 것이다.

"너 두고 안 가."

감독은 영화 속 주인공처럼 멋진 한 마디를 던진 뒤 몽키스패너로 내 옆구리 쪽 좀비 얼굴을 박살낸다. 철권은 야구방망이를 휘둘러 어깨에 붙은 좀비를 쓰러뜨린다. 그러고는 내 멱살을 잡고 끌어당긴다.

"뛰어!"

철권의 짧은 그 한마디에 나는 달린다. 미완성 테트리스처럼 튀어나온 실외기 사이를 쏙쏙 빠져나간다. 좀비의 아우성이 뒷덜미를 낚아채려 한다. 나는 돌아보지 않는다. 다시는 어둠에 시선을 두지 않을 것이다. 거기에 머물지도 않으리라.

넘어지듯 골목을 빠져나간다. 곁을 내주지 않으려던 빛이 끝내 내게도 비친다. 찬란하다. 눈이 부시다.

"몇 시지?"

감독이 묻는다.

"아직 시간 있어!"

철권은 그 말을 한 후 달린다. 나도 달린다. 감독도 달린다. 우리는 달린다. 숨이 차오른다. 심장이 터질 것 같다. 외따로 떨어진 좀비 한두 마리가 파편처럼 튀어나오지만 신경 쓰지 않는다. 멈추지도 않는다. 그저 앞만 보고 달릴 뿐이다. 철권의 뒤통수에만 시선을 고정하고 할 걸음씩 다리를 뻗을 뿐이다.

"저, 저기!"

어느새 맨 뒤로 처진 감독이 외친다. 녀석이 뭘 보고 있는지 나는 안다. 철권도 안다. 우리의 시선은 같은 곳에 머무른다. 노량진역 1번 출구 앞. 마치 지금이라도 당장 영업을 할 것처럼 포장을 걷고 있는 컵밥집과 떡볶이 가게들이 늘어선 곳. 평소라면 차들로 붐볐을 그곳에 커다란 군용 트럭이 서 있다. 모두 3대다. 앞의 2대는 달리기 시작한다. 맨 뒤 트럭 위로 군인 한 명이 오르고 있다. 트럭 안에 빼곡하게 앉은 사람들 모습이 보인다.

"저기요!"

내가 먼저 외친다.

"여기 사람 있어요!"

다시 외친다.

"도와주세요!"

철권도 외친다.

트럭에 오르려던 군인이 고개를 돌려 우리를 본다. 그러고는 손짓을 한다. 빨리 오라는 뜻이다.

"살았어."

감독은 금방이라도 울음을 터트릴 것 같은 목소리로 말한다. 우리 셋은 트럭 뒤에 도착해 숨을 헐떡인다. 눈앞이 빙빙 돈다. 상체를 숙이고 거친 숨을 토하면서도 한 손으로는 트럭 짐칸 부분을 꼭 쥔다.

"세 분입니까?"

군인이 묻는다.

"네."

철권이 대답한다.

"체온 재겠습니다. 체온이 33도 아래면 탑승하실 수 없습니다."

"네? 그게 무슨……."

"바이러스에 감염되면 체온이 비정상적으로 내려갑니다. 그리고 12시간이 되기 전에 감염자는 괴물로 변하게 됩니다."

군인은 감독의 말에 대답하며 유선형의 흰색 체온계를 꺼낸다. 체온계가 내 이마에 머무른다. 삑. 정상입니다. 기계음이 내는 그 말에 나는 안도의 한숨을 쉰다. 체온계는 철권과 감독의 이마를 차례로 훑는다. 그리고…….

'삑. 비정상입니다.'

'삑. 비정상입니다.'

'뭐?'

나는 군인과 체온계를 번갈아본다. 철권과 감독을 번갈아본다. 철권과 감독과 군인을 번갈아본다.

"무슨 뜻이에요? 다시 재보세요. 착오가 있는 것 같은데."

내 말에 군인은 고개를 젓는다.

"여기 두 분은 체온이 33도 아래입니다. 방금 말씀하신 분만 탑승하실 수 있습니다. 서둘러 올라오십시오."

"그게 무슨 소리예요? 지, 지금 이렇게 온몸이 후끈후끈한데!"

감독이 소리를 지른다. 그러자 트럭 안에서 다른 군인 두 명이 튀어나와 총구를 겨눈다. 감독은 믿을 수 없다는 표정으로 총구를 보다가 한 발 뒤로 물러선다.

"감독, 빨리 가자. 그리고 넌 어서 타."

철권이 내게 말한다. 나는 멍하니 철권을 본다. 트럭이 시동을 건다. 부르릉. 속이 불편한 거대 초식동물처럼 트럭은 앓는 소리를 낸다. 언제라도 달려 나갈 준비가 되었다는 듯이.

"미친……. 이게 뭐야? 말도 안 되잖아. 누가 이딴 엔딩을 좋아해? 영화에서……."

감독은 말을 마치지 못하고 끝내 울음을 터뜨린다.

"빨리 타십시오."

군인이 말한다.

"어서 좀 올라와요."

"말 좀 들어요! 다 같이 죽게 생겼잖아요, 지금."

트럭에 먼저 탄 사람들이 외친다. 나는 나를 향해 손을 내민 군인을 본다. 그러고는 팔을 뻗는다. 천천히, 그러나 망설이지 않고.

"바보 같은 놈."

철권이 말한다.

"후회 안 하냐?"

감독이 묻는다.

"후회해."

내가 대답한다. 그러고는 웃는다. 크크크. 내가 웃자 녀석들도 따라 웃는다. 하하하. 우리는 곧 배를 잡고 웃음을 터트린다. 크하하! 미친놈들처럼 웃어도 뭐라 하는 이가 아무도 없다. 차들이 쌩쌩 달리던 지하철역 앞 도로는 텅 비었다. 나는 녀석들과 그 도로 한 가운데 벌렁 드러누워 있다. 벌써부터 달아오르기 시작한 햇빛이 얼굴을 태우지만 상관하지 않는다.

"이제 뭐 할까?"

철권이 묻는다.

"게임이나 할까?"

"철권은 지겹도록 했어. 다른 거 하자."

내 말에 철권이 대답한다.

"보통의 좀비 영화에서라면 이런 상황에는 약탈과 방화……."

"그런 거 말고 주인공들은 뭘 해?"

나는 감독의 말을 자르고 묻는다.

"주인공들은 이러지. 굳이 왜 트럭을 안 탔는지 친구에게 묻지 않고 서로 쿨하게 웃고 떠들며 술이라도 마시는 거야."

"술 좋다! 편의점에 가서 술이라도 마시자."

철권이 들뜬 목소리로 말한다.

"좋아! 아무 편의점이나 들어가서 술이고 뭐고 다 약탈하자!"

내가 외친다.

"아니, 주인공들은 절대 약탈 같은 거 안 한다니까."

감독이 말한다.

"우리가 주인공이었던 적 있었어?"

내가 묻자 감독은 잠시 생각에 빠진다. 그러더니 벌떡 일어나며 외친다.

"약탈이다! 술도 훔치고 도시락도 훔치고 소시지도 훔치자!"

우리는 다시 웃음을 터뜨린다. 신나게 웃는다. 미친 듯이 웃는다. 그러고 보니 이제는 속도 편안하다. 철권이 야구방망이를 짚고 일어난 후 내게 손을 내민다. 먼저 일어난 감독도 손을 내민다. 나는 천천히, 그러나 망설이지 않고 팔을 뻗는다. 그러고는……

…… 녀석들의 손을 잡는다. 오랜만이다. 아니, 처음인가? 아무튼, 세계는 고요하고 나는 즐겁다.